燃燒棕櫚

棕櫚を燃やす

野野井透

徐欣怡——譯

目次

燃燒棕櫚

朝黑暗吐息

　午後陽光繾綣裹住身子，我和你一起坐在窗邊。輕柔灑落肌膚的陽光，彷彿在體內緩緩誘發泡沫，在我裡面震盪出微小的漣漪，簡直像要從內側逐步生成一個嶄新的我，令人有種新故事即將展開的預感。換句話說，我感受到了些許希望。明明感受到希望也沒關係才對，我卻有種負罪感。因為即便我們像這樣一起待在明亮的陽光下，一恍神，我的心境卻好似正獨自眺望黑夜的海面，自己也在不知不覺中逐漸化為海浪聲，但我能輕易想像得到，不久後當你的一切都消失之際，此刻我眼中的這個世界也會隨之消逝吧。

「再見。」

我彷彿聽見了你的聲音。像一陣風，一陣舒適宜人的微風吹拂而過那樣的聲音。

「你剛才說了什麼嗎？」

「我什麼都沒說喔。」

這麼回答的爸爸，你的眼睛，淡咖啡色瞳仁宛如我熟悉已久的靜謐湖泊，我忽然感到它安然待在眼眶中簡直是個奇蹟。我體內深處，類似源頭的某種東西，因此深深震撼。不管吃再多食物依然日漸消瘦，爸爸的身體裡不斷有小型宇宙般的核誕生，長成細胞，咕嘟咕嘟複製增生，這個瞬間也持續更新著，製造新的血液、新的骨骼。一股祈願般的心情像是液體湧上喉頭。甚至氾濫到口腔的那種心緒，是微暖的。

「今天的陽光好舒服啊。」爸爸這麼說，啜飲一口茶。紅色法蘭絨襯衫下拿著茶杯的那隻手像漂白過似地白得虛假。真的好舒服啊。我明明想這樣附和，但太多情緒從喉嚨一路滿到口腔，我深怕只要一開口，液體般的心情就會黏糊糊地溢出，只能緊閉雙脣，點了個頭。

口腔中這股微暖、祈願般的心情，較欲求更細水長流，既強烈，又苦澀。

至今我從不曾為了誰，而且只為那一個人祈願過。無論何時，我都如同一株在河中搖擺的水草，隔著河水望著模模糊糊的地面上過活。

然而最近，映入眼簾的每樣事物卻眩目般地清晰鮮明，整個迎面朝我撞來。那如同暴力般的速度時而震動了我的內在。一種自身源頭般的東西遭到撼動。

為什麼呢？我在一股濃濃的氣味中思索。爸爸和我凝望著庭院地面的土壤，像整體飽含著空氣般微微隆起，色彩濃烈又鮮明。土中的那些生物開始活動了吧。青草和嫩葉紛紛抽芽，綠意展現出一股蓬勃生發之勢，這一塊區域瀰漫著生物釋放出的、稍稍黏滯的氣味。

身旁的爸爸皺眉，用彷彿漂白過的手搓了搓左側腰際。爸爸的身體微微往右側傾斜。

「有點，怪怪的。」爸爸笑了，是最近才出現的那種、稍顯勉強的笑容。臉頰和薄唇都因想隱藏什麼而歪斜，潰爛的鼻翼皮膚顫動著。手緊貼著的腰側，看起來似乎正在細微地振動。爸爸的左腰內側，有某種東西正蠢蠢欲動著。正如同那些生物攪動著庭院地面下的土壤，那東西翻攪著爸爸的體內，不停加以破壞，連同原本那種新故事即將開展的感受都一手摧毀。像是被烙鐵燒灼，我的內在又震動不已。

「還好嗎？」我問爸爸。「嗯。」爸爸回答時嘴脣更歪了，伸手按住左胸口。從他無名指和小指之間的空隙，我看見襯衫下面宛如魚苗般急速跳動著，好似要衝破紅色布料一般。三隻，不，四隻吧，或者更多。是寄宿在爸爸體內的那些東西在動吧。定睛一看，是那些東西又回到爸爸體內深處了嗎？它們跳動消失了。

庭院最左邊的那棵玉蘭，花瓣邊緣在發亮。那亮光微微刺痛了我，我闔上雙眼。

「名為現在的這個瞬間，在一說出口時就結束了，但我最近有一股強烈的渴望，想要去捕捉那一刻，留住那一刻，停在那一刻呢。」

現在正不斷變成過去，這一點令我莫名恐慌，昨晚洗完澡後，我喝著從冰箱取出的氣泡水，回想當澄香把味醂和酒拌進味噌裡試味道時我和她的談話內容。她停下手中的長筷子，點頭附和，「我好像也會這樣想。」

我注視著在寶特瓶裡的氣泡水中向上浮起的氣泡，思忖著，我能把自己內心不清楚的感受，完全不加修飾地向小自己五歲的妹妹澄香直白說出口，應該是因為她是一個不會畏懼自身情緒，願意直面內心的人吧。

「春野，這個味道怎麼樣？」

我用舌尖舔了下朝自己嘴巴伸過來的長筷。

「可以。」我一回答完，澄香點頭，自言自語般地說：「會讓人想留住那一刻，將其化為永遠的事物，都會令人不由自主地說好美、好漂亮吧。」接著又說：「好了。」把土魠魚埋到調製好的味噌裡頭。

「好比說，黃昏快消失時的色彩。」澄香說。

「好比說什麼？」

「想留住並化為永遠的事物。」

我想像起黃昏的天空，暈染般的橙色消逝的模樣。

然後，我們邊刷洗瓦斯爐架上燒焦的汙垢，擦拭裝調味料的瓶子，邊愣愣望著木鏟變色的部分，邊思考有什麼事物是自己會想留住並化為永遠的，並一一說出口。

「似乎明天就要綻放的石楠杜鵑花苞。」我說。

庭院裡的石楠杜鵑有大約十個花苞緊挨在一起，透著黃色的尖端漸漸張開，終至展露出從外側無法想像的豔紅。綻放後絢爛如手鞠球的花朵固然很美，但凝視著似乎明天就要綻放的石楠杜鵑，會令人感覺花苞的紋路中好似隱含著訊息。有什麼就即將在明天揭曉前的，石楠杜鵑。

「雨過天晴後，庭院中的蜘蛛網晶瑩剔透的感覺。」

「旅行最後一天夜裡，腳趾尖端觸碰到床單的冰涼觸感。」

化為文字說出來後，原本想要留住的那瞬間感覺反倒逐漸遠去。

「在昏暗的玄關，三人朝同一方向擺好的鞋子。」

「說路上小心時，對方背影肩膀的位置。」

內心漾開一絲哀傷，於是我改變話題的方向。

「躲起來短暫接吻。」「是在哪裡，要躲誰?」澄香問。「沒有特別躲誰。就是一種在人群中偷偷來的感覺。沒趕上最後一班電車，兩人漫步在道玄坂，快到斜坡上面的派出所附近時。不往圓山町那個方向走，在前面另一個轉角轉彎，沿著靜謐的街道走到神泉，緩緩步過淡島街的緩坡。「哦～挺有氣氛的耶。」像這樣互開玩笑，稍微安心下來後，才互道晚安。那一夜，我做了一個夢。破曉時分的淡島街上，我和一個似是熟悉、又好似完全不了解的男人並肩走著。從左斜下方抬頭望去的那張側臉似是白皙又似是蒼白，我專注望著，自己彷彿慢慢鬆開，忽然極度渴望觸碰他的肌膚。我能憑空描繪出那男人半月形指甲的形狀。當時我和他說了些什麼呢？而又有什麼是我們沒說的呢？

醒來後，怎麼想都覺得這像一個思慕著誰的夢境。彷彿捉不住現在，差點絆到雙腳快要摔跤似地，一直苦苦追趕著稍縱即逝的現在。

我睜開雙眼，從玉蘭的樹枝上，一片白色花瓣直直掉落。

它掉落得如此輕易，我便想，該進屋去了，正要出聲叫爸爸時，宛如蝴蝶振翅般緩慢而不規則、踩過碎石的聲音傳來。那是澄香的腳步聲。身穿鮭魚粉連身洋裝及黑色皮革騎士外套的澄香現身庭院中。

「我回來了。」

「妳回來啦。」

澄香在我旁邊坐下，窗邊的空氣彷彿鬆軟了，緊繃的身體慢慢鬆弛。

「比起大家認定的常識，重要的是你心中的常識。」身旁的澄香雙手依然插在外套口袋裡，開口說。

「那是什麼？」

「今天，生田目先生在我們機構牆壁掛的區公所直布條上面的標語。

很不錯吧。只可惜經過的路人好像幾乎都沒注意到。」

「大概，很不錯吧。」我想也沒想就回。我平時就有過於看重自身常識之嫌，只要待在人群中，不安便油然而生。如果明明對話題不太感興趣，卻仍勉強自己和大家一起談笑的話，我的體溫就會降低，開始在心裡幻想「啊啊，好想變成魚類」之類的。一般認為存在於大家心中的所謂「常識」，就像會剝下薄薄一層自身常識的最外層再黏上來貼合般的東西，也像一看就知道快要破裂的球體，我明明知道它脆弱得不堪一擊，但它卻像是一台令人誤以為待在那個球體中較安全愉快的危險裝置，像是詛咒的文字一般。不過我也害怕，擁有像是信念、驕傲之類的東西，是否是一種對他人的暴力。

「回家前看到這塊直布條，我感覺自己好像被人推了一把。」

「推了一把？」我問澄香。

「推了我一把，讓我可以去思考明天。像是明天也要跟今天在同一時間起床，明天開朝會時要抬起頭，或者是明天回家路上要去超市看一下魚的品質好壞之類的，莫名讓我覺得，原來只要延續今天，一天天重複過下去就可以了。」

去思考明天，是從何時開始變得不再容易的呢？

「而且這次的布條字型是用明朝體呢。」

「這樣呀。」

「比黑體好吧？」

「可能吧。」果然還是想都沒想就回了。

一陣風吹過。棕櫚葉的尖端晃動。像這樣的時刻，好像就會搞不清楚今天是哪一天了。我的心境好似昨天、今天、明天全都消失，就連我們出生的順序、男女的區別，還有父女這份關係全都卸除，就像一顆顆礦石似地靜靜待在這裡，聊了好長、好長一段時光。即使這顆星球滅亡了，化為石頭的我們也能靜靜飄浮在宇宙中那般的心境。

澄香每天都會向我們分享工作和同事的事。我認為，向我們傾訴，是她為了認同這個世界所採取的方法。澄香是個想要積極認同一件件事物，一邊向前進的人。

我們每天持續收聽故事的續集，所以即使沒去過澄香工作的地方，腦海中也能清晰浮現各種細節。那是一棟裡面有衛生所及文化中心，最下面是地下一樓、最高則到三樓的老舊建築。穿著顏色像芒草、不易皺材質的制服，清掃空間，分類並回收垃圾；在文化中心辦活動時，去會場按照指示把摺疊椅和桌子就定位，完成事前準備工作；在活動結束後，再把東西都收回原來的位置。小朋友們來衛生所做檢查的日子，即使一切結束之後，他們的聲音好似也殘留在機構的每個角落了，在收拾善後時像是要連這些聲音都撿起來集中到一起。「匯款前，再多想一想」、「建立一個有人會聊起你的街區吧」、「前方會微露曙光的」、「和你一起等待月亮升上東方的天空」，寫著這類行政或區公所標語的直布條就垂掛在機構外牆上。這是生田目先生交代的工作，只要被交付這項工作，就等同於自己受到認可，是獨當一面的員工了。而且，聽說生田目先生不知為何偶爾會參加決定標語內容的會議（但這些文字真的有掛在外牆上嗎？）。吸塵器的大小和重量約莫和一隻小熊差不多（據澄香說法），要拖著這台機器在相當滑溜的走廊上移動。有規定在吸地時要避免電線影響到經過的人，視覺上也要收得清清爽爽的，因此必須讓電線平行牆壁，沿著這個方向移動。一邊聽著文化中心每月第四個星期五下午古箏社團那彷彿扭曲了時空一般，似乎會半永久持續的弦音，一邊清理一條條止滑條，是澄香最喜歡的工作。

我也沒見過生田目先生，連他名字的漢字該怎麼寫都不曉得，但我知道很多關於他的事情。相較於晴朗的日子，他這個人更適合陰鬱的天空，彷彿瀰漫著下雨前那股特殊氣味的情境。他是比澄香早一年踏入這個職場的前輩，四十四歲，大了澄香十五歲，體型瘦削，興趣是溪釣，走路時常撿到別人掉的東西，在宴會上通常喜歡靠牆待著，一個勁地吃毛豆或其他小菜。比起處理工作步驟或同事間相處模式這類話題，他更愛聊昨天釣到的魚，那溪水有多麼冰涼透明，或者爬滿岩石的青苔是多麼柔軟之類的。

有點怕寂寞，每到夜裡，不過這只是我自己的想像，他會從自少年時代就熟讀的詩集中選出適合當天晚上的一首詩，彷彿緩緩投入到文字建構出的那個世界般細細讀過，才上床睡覺。

澄香現在這份工作，是她從美術大學畢業後的第幾個工作呢？之前她在商店街上的耳鼻喉科診所當櫃台人員。耳鼻喉科之前是在246號線對面那間學校的營養午餐中心，營養午餐中心之前是在馬喰町的布行，再之前是在外苑的設計事務所。她現在這份工作今年和我一樣是第三年了，是至今持續最久的一次。

我們姊妹都沒辦法在一份工作待太久。

「即使如此妳們還是一直在工作，不是很棒嘛。」這句話是爸爸說的，所以我們心想這樣說也對呢，輕易地接受了。爸爸常因為一些雞毛蒜皮的小事稱讚我們，不是很棒嘛。高湯風味厚煎蛋不小心弄破一角時，將方向盤打到底再轉向另一側以倒車入庫停好車時，想起有東西忘記帶急急忙忙跑回家拿時。每次開始新工作，聽爸爸說「不是很棒嘛」時，我們都會想，這次一定要好好做，但老是過沒多久，澄香就會開始看不慣一些事，而我原本就像隔著水觀看的朦朧世界，看起來會變得更加扭曲。

「春野，妳公司的主任，現在每個星期會一起住幾天啊？」

「還是一樣兩天喔。」

主任大約兩年前和老婆分居，最近開始每個星期會去老婆家裡住兩天。

「週休二日嗎？」「週休？和老婆一起生活的日子是算在假日這類嗎？」「不算假日嗎？」「不過，每次要一起住的前一天，主任從傍晚開始就常會打錯電話喔。」我們這樣聊時，爸爸說，沒關係啦，那也是主任他們夫妻的常識吧？

有時一個人過活，有時三個人一起度日的主任，待的這間販售衛生用品的小型貿易公司，就是我的第三個職場。距離公司最近的車站急行電車不停、位在從車站約十五分鐘路程的那間公司，規模小到我可以喊出每位同事的名字，不存在部長這個層級的主管，主任、課長、社長和幾位同仁都坐在同一間辦公室裡工作。在總務部，我負責的工作是補充文具和備品，處理同仁提交的交通費或請款申請單，尋找年底全部同仁都會參加的尾牙場地，幫忙每年參加的在地盂蘭盆舞大會等，每星期、每月、每季都按部就班地處理預先決定的事項。我這種工作態度，即使換到第三間公司也沒有絲毫變化，我彷彿都能聽見有人站在斜前方這樣批評，她就是認為來做點什麼改變吧，或者是拒絕改變什麼，這些想法都和自己沒關係，到頭來終究是一成不變呢。

「我的常識又是什麼呢？」爸爸順口說。

爸爸這個人的態度就是，理所當然。理所當然，也有那種事吧，每當爸爸這麼說，澄香和我原本太過黏滯的心情和自己之間就會出現一條縫隙，在不知不覺中，鬆開先前的執著。我們會毫不眷戀地放開手，乾脆到彷彿原先那份心情只不過是一件「物品」罷了。因此，爸爸的理所當然，減輕了澄香和我的心理負擔。

屋子大門方向的外頭傳來媽媽在叫小孩的聲音，我聽見嬌柔女聲和腳步聲重疊遠去。就像是宣告傍晚來臨的開場小號。

但我們面前的庭院正無休止地蠢蠢欲動，分分秒秒轉變著面貌，那彷彿就像在隱瞞恐懼，因此，我感到被逐漸遠去的開場小號步步脅迫。

「差不多該來吃晚餐了。今天妳們兩個要慰勞我對吧？」

爸爸抓著旁邊的藤椅，艱難地緩慢站起身。

原本一年後才會到退休年齡的爸爸，在上個月辭掉了服務三十七年的工作。爸爸沒了工作後的身影，就像是一顆徬徨於宇宙中的古老星球。

每當爸爸被問到從事什麼職業時，他都會回答「社區營造相關的囉」。爸爸很善於省略句尾多餘的詞彙。在聽見句尾的那個「囉」之後，對方就會接受這個答案，不再繼續追問。

社區營造這個詞在我耳裡聽起來是抽象的，沒辦法具體了解爸爸從事的是什麼樣的工作。是製做生田目先生提出的那些標語，讓這些想法滲透進大家心中嗎？我所知道的是，他會提早在前一個地鐵站下車，邊欣賞小巷弄街景邊走到工作的地方；那條巷弄上一對高齡姊妹居住的古老屋子小庭院中的枝垂櫻，哪一根枝條上的花最早綻放；同一條巷子的中華料理店味道特別重的日子，就代表經營那家店的夫婦吵架了；他每年都會和職場上的後輩月居先生和青山先生到近郊的山上玩；月居先生養了一隻小鳥，那隻小鳥會說早安和謝謝；小鳥睏倦時，那雙細細的腳會變溫暖，會令月居先生感到無比安心，那對月居先生而言，是即使不用文字交流、即使對方不是人類，也能感受到彼此心意相通的瞬間。青山先生在除夕夜感知到長年獨居的父親過世，趕往老家，在冰冷的浴缸中發現全身赤裸的父親，接著就聽見附近的佛寺響起一百零八下鐘聲，而那些鐘聲至今仍在他耳裡迴盪，無論是等紅綠燈時，要開門伸手進口袋找鑰匙時，沒趕上地鐵眼睜睜目送電車駛離月台的時刻等，鐘聲都響著。爸爸說，那隱隱做響的鐘聲彷彿一步步侵蝕著他的身體般，一直在他裡面迴盪著。這兩人跟爸爸感情很好。比起談及自己參與過的街區標語，他更愛聊居住、聚集在那裡的人們。他們兩位今年在爸爸缺席的情況下去近郊山上遊玩回來後，送了山菜過來，於是我們決定今晚藉機三人一起開爸爸的慰勞會。

一站到廚房，澄香就顯得悠然自在、舉止優美。

「因為最後一定會做出什麼東西來啊。而且做出來以後，吃一吃就輕鬆消失不見了不是嗎？還有什麼事比這更好的？」熱愛料理的澄香說。

我們從小就在這個空間裡煮飯燒菜。澄香非常善於找出菜肴缺少哪一味，然後添上最恰當的份量，她很會抓食材吃起來最美味的時機，在調整油炸的時間和燉煮的時間上堪稱完美。我煮的料理偶爾味道會不太對勁，因為我心中有恃無恐，反正有人會幫我修正味道，不過，我都會找藉口推卸責任，像是，都是因為今天早上潔牙粉只剩一點點不夠用啦，或者，都是因為兩隻襪子左右穿反了啦。這樣馬馬虎虎的菜肴，澄香會幫我找出缺少了什麼。在任何方面皆是如此。我始終在等待別人來幫我補足自己的缺失，幫我修正。

「確定一下今晚的菜單，有漉油天婦羅、鮮炒莢果蕨、土鍋飯、香煎味噌醃漬馬加鰆、白黴薩拉米臘腸和豆瓣菜沙拉，那我們就動手吧。」澄香一宣布完，就開始調配天婦羅炸粉。我轉開土鍋下的瓦斯爐。時間充裕時，用土鍋煮白米飯是我們家的習慣。土鍋上有裂痕。裂痕的形狀會隨著時間慢慢變化。

「我們家，就好像土鍋一樣耶。」忘了哪一次，澄香曾這麼說。剛開始用土鍋時，要先煮十倍粥的米湯，讓土鍋適應被火燒。接著，一定會出現裂痕。這些裂痕是必要的裂痕，是可以防止土鍋在火上碎裂的必要裂痕。在使用時，為了避免鍋內液體從裂痕滲漏，要再煮十倍粥替這些裂痕完成「密封」的工序。她的意思是，我們在使用過程中，一邊生成有用的裂痕，又一邊避免鍋子破裂細心保養這些裂痕，這樣的土鍋就很像爸爸、澄香和我之間的關係。

　　土鍋的蓋子看起來像在翻騰，從裡面冒出了白色蒸氣，我便轉小火。就這樣等個十二分鐘。在現在這個季節，這是能煮出美味白米飯的時間長度。我離開土鍋，拿出包在報紙裡的漉油。鮮嫩的黃綠色看得我恨不得直接抓起那層層疊疊的菜葉一口啃下。我一片片剝掉包裹住莖節的部分，迅速沖洗，整齊排在竹編盤上。接著洗還沾著泥土的豆瓣菜。色澤深綠，氣味濃厚。澄香把漉油沾上天婦羅粉，放進熱好的油中。每放進一塊，都會迸發出盛大的聲響。油炸食物的聲音，宛如預示著愉快時光就要開始的暗號。我邊聆聽充滿愉悅預感的聲響，邊把白黴薩拉米臘腸切成約五公厘厚的片狀。太薄就缺乏嚼勁，切太厚，咀嚼又太花時間。五公厘左右剛剛好。我們三人對「剛剛好」的標準類似。在平底鍋倒入少許油，開始炒已瀝過水的豆瓣菜。撒上鹽和胡椒，在還想多炒一會時就起鍋。和白黴薩拉米臘腸稍微混合，倒進未上漆的容器。澄香炸完濾油，取出昨晚已預先去青的莢果蕨，又拿來另一個平底鍋，轉開爐火開始加熱。莢果蕨的外觀是如漩渦般朝中心捲曲，一直沿著那個漩渦看向中心，會有種奇特的感覺，彷彿裡面蘊藏著某種類似真實般的東西。只要盯著大自然的產物看，我偶爾會這麼想。澄香在平底鍋上炒起莢果蕨。用木鏟翻動，讓莢果蕨均勻受熱，朝平底鍋裡淋上一圈醬油。再用木鏟翻攪，這也是在還想再多炒一下時就要停手。不管什麼事，在還想要多一點點時結束是最好的。昨天開始醃漬的馬加鰆先用清水洗過，放進預熱過的燒烤架慢慢烤。計時器響了，我關掉土鍋的火。接下來要再等八分鐘。眼看東西都快煮好了，我開始把盛好盤的菜肴端到隔壁的客廳。爸爸正戴著眼鏡在看文庫本。

計時器又響了，「澄香，我要開鍋蓋囉。」我說完，就用乾布按住一直燜著的土鍋蓋上的把手。反覆這個動作好幾次，終於開啟鍋蓋時，心情是迫不及待的。那是在期待有人會感到喜悅，因此我在心裡說，真希望無論明天，還是後天，打開鍋蓋的瞬間可以一直延續下去就好了。

在桌面擺上筷子、分菜用的小碟子和菜肴，在小玻璃杯中注入啤酒，三個人齊聲說，我開動了，才開始大快朵頤。雖說是慰勞會，但沒人說些感人肺腑的內容。吃飯時大家說的淨是些：幫我拿那個，好，謝謝，春野，會沾到袖子，好，爸爸你醬油加太多了，是，天婦羅真好吃，啊，澄香，妳筷子不要在菜上面晃來晃去的，很沒禮貌喔，好，對不起，諸如此類的話。澄香提起生田目先生今天帶自己做的便當來。話題持續的同時，我們手中的筷子也沒停過，那是因為今晚的食物十分美味，而在享用美味食物時，大家都會集中精神，我想那就是澄香說的，我們是如同土鍋般的關係的緣故吧。如果是跟不同掛的人一起吃飯，難免會有點手足無措，場面尷尬。因此我想，能夠一起吃飯，並安心在席間只專注於品嘗食物，是由於彼此很靠近吧。

吃完晚飯，我們啜飲著熱茶，再次不經意地注視庭院。今天是一個完全沒有風的夜晚。中間，爸爸配著熱水，將一粒拇指指甲大小的紅黑色橢圓形物體吞了下去。自下雪的那一天起，他每晚都吞，無一日遺漏。「這個要是掉到地上，被附近的貓咪誤食，肯定會馬上翹辮子喔」他還說了這種話。爸爸吞這東西已經好幾個月了，鼻翼的癢感很嚴重，皮膚潰爛，鼻孔只剩下平常的三分之一左右大小。還有，天亮時，他偶爾會嘔吐。

「欸，來燒棕櫚好不好。」

澄香提議。當庭院裡的樹木長得太蓬勃，我們會自行修枝剪葉，其中只有棕櫚會擺到屋簷下晾乾，再統一收起來。因為棕櫚最好燒。每年會有幾次，三人一起在庭院裡燒棕櫚。為了避免煙飄到鄰居家，我們會挖一個洞，一點一點慢慢燒。

「不過外面很冷吧。」爸爸怕冷，因此我持反對意見，爸爸卻回「就來燒吧」，同時，他將手撐在桌上站起身，走出客廳。我慌忙去取連帽衫，拿著報紙和打火機走到外面，穿著夾克的爸爸跟澄香已經在動手搬起堆放在後面屋簷下的棕櫚葉到庭院了。我從簷廊下方取出長柄鏟子，開始在庭院挖土。連同那些此刻也必定在土裡蠢動著的小生物們，我翻攪著土壤。等洞挖到大約過膝的深度後，把報紙放進去。

爸爸拿著打火機替表面覆蓋著野獸般細毛的棕櫚樹皮點火。一眨眼間，火焰就冒了出來。把正在燃燒的棕櫚放進洞裡。火焰會移轉到報紙上，火勢逐漸變大。在快燒盡前投進下一片棕櫚。偶爾，爆裂聲響徹庭院。沒有人說一句話。我們燒著棕櫚，凝視著熊熊燃燒的火光。

發現爸爸的身體出現異狀，是在幾個月前吃湯豆腐的隔天。他說想吃滑溜的食物，我便在早已表明不參加春酒的星期五回家路上，去商店街上透著冰涼氣息的豆腐店，請老闆幫我撈了幾塊靜靜沉在水槽底部的豆腐。煮豆腐時在土鍋中加了昆布，煮好便趁熱吃。庭院那棵棕櫚樹後方的皎潔月亮映入眼簾。

隔天，我們聽著一位身穿白袍的人說明爸爸的身體情況。他說，有東西棲息在爸爸的體內。爸爸在筆記本上記下那個人說的話。字都超出橫線了，在「一年」這兩個字上，爸爸畫了好幾個圈。我側眼瞥著被鄭重強調的「一年」兩個字，不甘願地注意到正在說明的那個人宛如用桿麵棍桿過的耳朵形狀，就像要描繪出那形狀般死死盯著看。在目光沿著他外耳輪廓移動時，我內心湧起一股像是憤怒的感受。爸爸昨天不但吃了湯豆腐，還說撒在上頭的柚子香氣很迷人。他能笑得開懷，指甲會長長，還會蛀牙。三人一起出遠門，在首都高速公路上從箱崎交流道到江戶橋交流道順暢地加速前進，彷彿化為一道流線的我們，有種好像可以一直奔馳至道路盡頭的感覺。在澄香和我面前也自稱「我[1]」的爸爸，常在初次造訪的地方被問路，而他也會像個在當地土生土長的在地人一樣高明地回答。下班後偶爾醉到講話聲音都提高了一個八度回到家時，鞋子隨手脫在走廊上就倒在客廳睡著了。叫醒他，他就會去浴室在浴缸裡繼續睡。從浴室外的脫衣間叫他。「快起來。」「嗯。」「你睡著了吧？」「對。」這樣的對話會一直重複，直到親眼看著爸爸鑽進被窩。隔天早上他也從不曾宿醉噁心，總是一臉神清氣爽地準備早餐，煎厚煎蛋，將蔬菜水果盛盤。水槽裡，蛋殼、切下的蔬菜底端跟水果皮豪邁地散亂著。他不擅於丟東西和收拾。以前有次整理靠天花板的櫃子時，還挖出了爸爸少年時畫魚的水彩畫。他可能是一心想畫尾鰭，畫得太大，結果魚頭塞不進紙面上、有一半不見了。是不是

1 此處日文原文為「私」。

該把這張無頭魚的畫放回原處呢？我心裡有點不安。回家以後就去找那幅畫好了。我望著爸爸緊握著筆的指尖，在心中決定。

昨天以前的爸爸，和今天被人說身體有異狀的爸爸，究竟有什麼不同呢？沒有任何不同。如同陸地持續向前延伸一般。然而，我們就像在一千分之一秒的高速內，被人粗暴踹到一個陌生星球似的。在那一刻以前待的地方，看起來非常遙遠。我們被踹到的那顆星球，就像是一個脫離了群星軌道、文明已然終結、連光亮都無法抵達的地方。明明來到了這麼遙遠的地方，卻又立刻被提醒，至今生活過的地方和這顆星球是相連的。世界上不斷有新生兒出生，生田目先生呼籲著「你繳納的稅金，守護著你的生活」這樣的標語，星期一，我還在公司檢查剩餘的郵票張數和使用過的郵票張數是否吻合。

類似於我自身源頭般的地方受到震動，是在那之後。

在聽完身體異狀的說明後，爸爸有幾天不在家。難得下雪的那一天，正是爸爸睽違多日要回家的日子，去接他的路上，雪下得彷彿世界上所有聲音都一片片沉澱的情景中，澄香和我做了一個約定。

我像是追著誰的足跡般走到巴士站牌時，澄香正用套著檸檬黃手套的手，拍掉沾黏在藍色大衣衣襬上的雪花。路上不見行人，輪胎上綁著鐵鍊的汽車駛過時發出轟隆巨響。

「春野，接下來這一年，我們要毫無保留地生活。」澄香突兀地說。

說出這句話的澄香眼神清澈，很漂亮。因此我點頭。不過，我不知道毫無保留地生活是什麼意思，便開口問：「該怎麼做好呢？」

「人們不是常說『真正的心情』嗎？」

「嗯。」雖然我不常說，但還是出聲附和。

「什麼真正不真正的根本不重要，而是去感受所有的一切，大家一起待在那個時空裡。」

「太難了，我不懂。」

「哎呀，很簡單啦。就像是信任眼前這一刻，不管未來會發生什麼事，都要好好互相道早安、道晚安這樣。」

就算是一邊哭，或是面帶微笑，都沒關係的。澄香又補上這句話。

我為了理解這句話的含意，像是想將它吸收進身體裡那般又複誦了一遍，可是我們不知道該怎麼在積雪道路上行走啊。我不經意地想。

公車爬上雪中的斜坡頂端，我們在終點站下車，踏進瀰漫著酒精氣味的建築物，走到爸爸的房間。好似已乾枯般的爸爸坐在床上，只有那裡看起來像是一處沒有磁場、也沒有重力的空間。

爸爸望著這個方向的雙眼宛如空蕩蕩的洞穴。兩個暗淡無光的凹洞。啊啊，這樣啊，眼珠掉下來了啊，得快點找出來洗乾淨塞回去才行。我立刻看向床底下，有一個垃圾桶，裡面滿是暈染著朱紅的紙。

爸爸的手指不斷敲著床側的扶手，像是被什麼追趕著似地匆忙開口說話。

「居然積了這麼多雪，今年真奇怪耶，妳們很冷吧，對了，回家後去壽司店吧，不，還是去那間蕎麥麵店好了，點個切片魚板，點瓶酒，最後再吃蕎麥麵，喝點蕎麥湯，回程一邊望著月亮一邊走到多摩川，啊啊，不過今晚下雪看不到月亮對吧？沿著多摩川一直往下走，也想在羽田的這一側釣鰕虎呀，對了，今年的多摩川煙火大會，去找個好位置欣賞吧，只是八月，好像無比遙遠的未來，對吧？」

爸爸沉默了，使勁用手腕敲起扶手。沉鈍的金屬聲好似爸爸的吶喊，刺進我裡面。爸爸的聲音很冰涼，直直刺進體內深處，卻不貫穿，也不拔出來，就這樣一下又一下刺著澄香和我。

我試著想像爸爸內心的悲痛。可是，自己以外其他人的悲痛，是不可能體會的。

看著爸爸，令我難受、痛苦又悲傷，我明明只希望感受到這些，但在我皮膚表面一公分下的位置，微暖的東西開始游動。

呼嚕呼嚕。呼嚕呼嚕。有東西開始在我體內循環。我覺得很噁心，不禁想掀開皮膚取出那呼嚕呼嚕游動的東西。呼嚕呼嚕經過之後，血液似乎逐漸變得沉重、凝滯，顫抖而痛苦的我，因呼嚕呼嚕而慢慢變得遲鈍、麻痺。視野開始像隔著水看東西一樣朦朧。我想，如果只有痛苦的話還好一些。如果只是顫抖的話還好一些。因為如果只是顫抖、痛苦、悲傷，那我的心情仍能保持原有的澄澈。我明明只想深刻感受那份澄澈，但呼嚕呼嚕一步步侵蝕著那份痛苦又悲傷、此刻即宛如永恆般的心情。

啊啊，真麻煩，我心想。呼嚕呼嚕又跟平常一樣開始發作了。

一旦自己很重視，甚至感到自己已透徹了解對方一切的人，把他當時的心情毫無保留地直接表達出來，對方在我眼中立刻就會變成一個好像完全陌生的人。一旦接受他人的要求，一種近似體溫、微暖的呼嚕呼嚕就會在我體內開始循環，令我覺得再繼續和那個人來往很麻煩。因為麻煩，我就會漸漸遠離他們。因此我沒有親近的朋友。只要保持距離，呼嚕呼嚕就會停止。因為這個緣故，我過去曾斬斷好幾段關係。

爸爸把自己的心情直接表達出來這件事，令我感到一股厭惡和煩躁。我明明只想一直盡情地依賴理所當然般接納一切的爸爸。一次次建立關係，又總是一次次親手摧毀，我之所以能夠這般肆無忌憚地放棄關係，是因為有一個可以回去的地方，那就是爸爸。擁有一雙湖泊般雙眼的爸爸，理所當然般接納一切的爸爸，一直都在。可是，爸爸不知把那雙湖泊般的眼睛遺落在何處了，正發出冰冷的聲響。太麻煩了，拜託只讓我感到悲傷就好。我這麼想。

這一次，就算想要離開，也已經無處可逃了。呼嚕呼嚕的速度愈來愈快。啊啊，好累。我想在床邊的椅子坐下來，才伸手放到椅背上，「春野，不能坐。」澄香抓住我的肩膀。「妳看，那邊。」澄香指著椅面。

「蜘蛛。」

那裡有一隻黑色的蜘蛛。約莫小指指甲那麼大，像凝固般動也不動。牠是從哪裡鑽進這棟沒有縫隙的建築物的呢？爸爸停下敲擊手的動作。爸爸的眼珠回來了。淡褐色的眼瞳靜靜望著那隻蜘蛛。

澄香一邊說，回家吧，一邊伸出自己的手疊在爸爸垂掛在扶手上的手。為什麼她這麼輕易就能觸碰爸爸的手呢？澄香總能泰然自若地做出一些令人難為情的舉動。我有點想觸碰他們兩人的手。可是，呼嚕呼嚕正在體內流動，想要逃離的我，不知道該如何觸碰他們才好呢。

爸爸對面的窗戶外頭，白雪持續下著。看得見灰色的首都高速公路逐漸被白雪所覆蓋。這樣下去，或許明天早上我們就會完全被雪圍繞了。被雪圍繞，一切都變成白色的就好了。要是一切都變成白色，或許就能染上新的顏色了。

看著雪，我憶起在公車站牌和澄香約定要毫無保留地生活。我不明白自己為什麼要這麼做，但我鼓起勇氣將自己的手朝兩人伸過去，那裡很溫暖。

一感受到兩人的體溫，呼嚕呼嚕就不知道躲到哪去了。

接下來的這一年，我有辦法毫無保留地生活嗎？望著紛飛的白雪，我在心中問自己。我又想，話語就好像雪啊。

火焰燒個不停。棕櫚燃燒著。自那一天起，我是否成功遵守了約定呢？

「就算燒棕櫚，果然還是好冷啊。」爸爸說，我先去休息囉，就起身離開火堆。

「晚安。」

爸爸拖著一腳踩過碎石的腳步聲停歇，他進到屋內了。

當時手交疊感受到的體溫，我未來能夠永遠記得嗎？我重重呼出一口氣。棕櫚在燃燒。澄香和我繼續靜悄悄地燒著累積多時的棕櫚，感受著來自四面八方的氣息。在春季的黑夜中，一簇火焰熊熊燒著。

香魚的香氣

爸爸像在吸花蜜似地吃著水蜜桃。明明新鮮飽滿的果汁一被嘴巴吸進身體，就會輕鬆浸潤全身，但為什麼不會浸潤爸爸的身體呢？我在心裡問。

今天早上，爸爸道早安的聲音像是喉嚨深處卡了什麼東西似的。我邊將乳液按到臉上邊問：「今天幾度？」爸爸回：「三十七點一度。」「有一點燒耶，要不要我來開車？」我保持平靜問。「沒問題的。」爸爸先用沙啞的聲音回答，又像在確認重要事項似地說「我想開車」，緩緩摸了摸光溜溜的頭。

最近每天早上都要檢查爸爸的體溫，如果持續輕微發燒，他的皮膚就會慢慢乾癟下去。無論攝取多少水分，爸爸的身體表面就像正在慢慢被什麼擰乾，最終會變得像河岸邊的漂流木一樣。

我們兩個吃得嘴角淌下甜蜜果汁時，身穿萊姆綠和白色條紋T恤配黑色長褲的澄香醒來了，笑著道早安，又立刻沉沉陷進沙發裡，閉上眼有沒任何動作。吃完桃子，我催促澄香，從玄關走到外頭，關好門窗，再走去庭院澆水。

原本色澤稚嫩、令人想要呵護的那些植物葉片，現在已長得十分厚實，顏色也轉為深綠色，整個庭院鬱鬱蔥蔥，呈現出一股戰鬥般的氛圍。

明明未天亮，卻已經能感受到今天的炎熱了，彷彿熱氣隨著每一步滲進體內似地，身體愈來愈沉重。我邊感受到自己被密度凝重的空間壓迫著，彷佛就要順勢沉進庭院的土裡，邊淋濕簇簇濃綠。

宛如小型叢林般的庭院中，只有淡粉色的木芙蓉在蓬勃生發的庭院裡以一副百無聊賴的姿態綻放著。望著這樣的木芙蓉，我想起大概兩個星期前，從爸爸身體裡跑出來尺寸約莫拳頭大小的紅色塊狀物。那東西是紅色的，混雜著顏色像豆漿一樣的斑點。他就徒手拿著那個東西。我當時為了要吃鰻魚，正在料理鰻肝湯，切鴨兒芹時，聽到他從後面叫我，我便回過頭，「從我身體裡跑出這種東西。」爸爸說得很快，手裡一直拿著那個。他彷佛一直被什麼東西持續擰乾的前臂上，縱向的青筋宛如雕刻般清晰可見。我忍不住發抖，同時感受到溫熱的呼嚕呼嚕在體內像是一滴滴落下般流動著，「那個，還是熱的嗎？」我問爸爸。我一邊問，腦海中一邊浮現了肥嫩鰻魚的腹部。當然是熱的，畢竟，才剛剛，從他的身體裡掉出來啊。然而，我仍舊感受到呼嚕呼嚕啟動了，說出簡直無聊透頂的平庸回應。

我對呼嚕呼嚕束手無策，放下菜刀，沉默地打開塑膠袋，讓爸爸把從自己體內掉出來的塊狀物放進去。那東西沉重如一顆鐵球，散發出河口附近的氣味。

爸爸拿著塑膠袋坐進副駕駛座，我發動車子。每次遇到紅燈停下來時，塑膠袋裡的塊狀物就會闖進我的視野，那看起來像正在蠕動。明明不久前它的動態還像魚苗一樣小，現在卻動得像隻拳頭般大小的幼蟲了。就像是和透過塑膠袋看見的蠕動共振似地，我體內的呼嚕呼嚕持續流動。我沉默開著車，抵達平常那棟建築物，交出塑膠袋，收下的那個人神色緊張，四周頓時忙碌起來，爸爸直接住院了。讓爸爸躺上床後，他叫我回去休息，我順從地轉過身，他從背後說：「春野，抱歉讓妳擔心了。」我只點了個頭，就一個人回家了。體內深處顫抖到發疼，表層附近則有呼嚕呼嚕流動著，我對自己明明想要克制住卻恣意奔騰的情緒感到傻眼，一面獨自喝著鰻肝湯。

後來，爸爸開始定期向體內注入液體。因為以前服用的那種紅黑色顆粒，已經被爸爸的身體記住，不再起作用了。有一次我陪著他注入液體，躺在隔壁床上、同樣在注入液體的人主動搭話：「你明明還這麼年輕。」那個人邊點頭，邊投來憐憫似的目光。爸爸含糊應了聲「嗯」。就好像這種對話曾出現過許多次，他早已習慣了一樣。年輕，又怎麼樣？年紀大，就比較好嗎？我認為這就像輕易說別人「你真可憐」一樣。為什麼，人可以決定他人是否可憐呢？

我用力拉上隔簾，爸爸露出好似在說「真傷腦筋」的笑臉，低聲說「算了啦」。

爸爸鼻翼上的發癢感和天亮前的嘔吐都消失了，但頭髮、眉毛和睫毛都毫無抵抗地全部脫落，爸爸的樣貌持續變化著。失去毛髮的人生活變得危機四伏。光是皮膚輕輕擦過椅角，沒有毛髮、毫無防備的肌膚輕易就會破皮，我很害怕，該不會從裡面流出鮮血或混有豆漿色斑點的塊狀物吧。

手裡抓著正在噴水的水管，想起爸爸那團紅色塊狀物，我感到身上所有毛細孔都好似要淌出黏膩的汗珠，我決定就澆到這邊，逃也似地快步跑回有爸爸和澄香在等我的車裡。坐上後座，我腦中才想到沒捲回捲軸、被我隨手一扔的水管，形狀看起來說不定像是一個倒在夏季茂盛青草的人時，爸爸踩下了油門。

夜色漸漸轉亮。在那片澄澈的藍中，我們一路向前。破曉時分的高速公路上空盪盪的，加快速度的我們就像被什麼吸引住了一般，化為流線型的軀體不斷向前奔馳。比聲音還快，更快，再快，好像要超出這個身體，三人化做一束光一直前行。

像今天這樣出遠門時，我們總是一大早就起床出發。爸爸不喜歡塞車，所以我們都會在天未亮的高速公路上奔馳。摸黑起床，搖搖晃晃地換衣服，坐進車裡。一開始的加速就是展開旅程的信號，身體像飄浮起來般輕盈。我想起，我們真的曾在好多個破曉時分向著遠方前行呢。

當澄澈的藍逐漸轉為眩目的陽光，我們開過銀色的荒川。有一艘小型汽船浮在水面上。像沿著河道般過了一個大轉彎，又急速直線向前。在沒有障礙物又綿延不絕的道路上不斷奔馳，會感到時間逐漸向前後延伸，拉長到幾乎不會令人注意到似地那麼薄。在拉得又薄又長的時間中，車內的空氣彷彿逐漸變濃。迎向均等排列的白色照明塔，駛近，再經過。原本密集的建築物慢慢看不見了，天空愈來愈開闊。感受到離家愈來愈遠。東京，原來出乎意料地小。

旁邊的澄香微微張著嘴睡著了。偶爾我會透過後照鏡和爸爸四目相交。即使撞見那道視線，我依然完全不知道爸爸在想些什麼。握住方向盤的手呈現出黃紫斑駁的顏色。我想起了，媽媽的手。

稱做媽媽的那個人在我五歲時過世。我不記得媽媽長什麼模樣，殘留在記憶中的只有她那雙白皙的手。像是她揮手的姿態很飄渺，說再見的肢體語言極為美麗；摸額頭的指尖冰冰涼涼的；隨心所欲地運用長筷烹調出色香味俱全食物時的不可思議；洗完澡後幫我擦乾身體上的水滴時，透過布巾感受到的雙手手心溫暖觸感；手背上浮現的血管線條令人不禁想伸手沿著畫過；自絕性命的那雙白皙的手在別離時依然美麗如昔；一切記憶都關乎她的手。因此對我來說，那雙白皙的手就是媽媽。好希望那雙白皙的手再次撫摸我，好想見白皙雙手的主人，這種想法我從來就不曾有過。等我有意識時，我們家就是爸爸、澄香和我三個人一起過活。周遭的人好像認為我們是可憐的一家，但我們自身完全沒有這樣想。會擅自斷定人可憐的，就是旁人，因為沒有待在同一個場所的人才會說出這種話。想要待在那個人附近，或是置身同一個場所的人，根本不會認為那個人可憐。如果內心有類似的感受，那也不會是「真可憐」這種憐憫，肯定是近似於祈禱的心情吧。我最近才注意到這件事。這陣子，有很多新領悟。領悟著，發顫著，體內呼嚕呼嚕著，日子簡直令人目不暇給。

小時候每到星期天，我們就會按照爸爸、我、澄香的順序排成一列，騎腳踏車去公園。玩夠了以後，我們會躺在野餐墊上。躺在被東名高速公路、環狀八號線跟清潔公司包圍的、星期天的公園草地上，那種感覺就好像我們是置身於某個人曾做過的夢境中。人群的聲音和他們發出的聲響模模糊糊的，像逐漸失去意義般不斷延伸，時間流動得極為緩慢。草地上，總是有一位戴帽子的男性，他把白色紙飛機裝在一根綁了橡皮筋、形狀像細長棒子的東西上，再把橡皮筋垂直往下拉，鬆開手，原本裝在棒子頂端的紙飛機就朝空中飛去。紙飛機直直向上飛了幾公尺，自由自在地在空中翺翔，不久後又掉下來。紙飛機掉落地面後，他會撿起來，再次讓紙飛機起飛。紙飛機有時會在空中迴旋，勾到櫻花樹上，他就身輕如燕地敏捷爬上樹，取回紙飛機。他一次又一次讓紙飛機飛向天際，注視著它翺翔的情景，再撿起掉落下來的紙飛機。紙飛機對準的方向、飛過天空的模樣次次不同，年幼的我著迷得想一直看下去。明知道紙飛機很快就會掉下來，卻總是想讓它飛向天空的這種心境，和某個東西很像，但到底是像什麼，直到現在我還是不曉得。

奔馳而過的高速公路，大概有讓沉澱在體內的各種記憶片段悄悄浮上心頭的作用吧。

我們繼續在被隔音牆包圍的道路上向前。

「去一趟魚梁吧。」

體內跑出紅色塊狀物後離家數日又歸來的爸爸，說這句話的聲音非常安靜，卻傳到了我發顫的地方。因此我們決定今年也要去河邊每年入住的旅館過一夜。

去一趟魚梁吧。這句話是我們之間的暗號，就相當於，來一場夏季的小旅行吧。

魚梁，是在香魚解禁後，架設來捕捉香魚的一種裝置。魚梁會架在河面上的一個區塊，以竹子搭建而成，攔住河水，讓水流變得湍急，再捕捉順勢流進來的香魚。在岸邊有螢火蟲飛舞的時節，可以徒手去捉和河中浪花一同湧出來的香魚。不過是從何時起呢？即使赤腳踩進河水，走到攔河堰附近，也看不見活蹦亂跳的香魚了。

我以前曾聽過，我們每年都會造訪的魚梁，其實是爸爸和媽媽喜歡的地方。那雙白皙的手有牢牢捉住過香魚嗎？被白皙雙手捉住的香魚，大概也沒辦法抵抗，只能任憑冰涼手指擺佈吧？

夏季小旅行決定後，過了幾天，月居先生和青山先生來到家裡。澄香和我為了晚餐的浸煮茄子，正在切碎要放在茄子上面的茗荷和紫蘇葉。

「不好意思，我們沒事先聯絡就突然過來了。」

「我有種奇異的感覺。」青山先生這麼說，月居先生輕拍他的手臂。他們穿著上漿的白色襯衫，腳上套著擦得發亮的皮鞋。額頭滲出汗珠。皮膚是既非紫又非黃的健康膚色，也有頭髮、眉毛和睫毛。穿著灰色短袖和米色棉長褲的爸爸一拖著左腳出現在玄關，他們似乎屏息了幾秒鐘。

「毛都沒了，嚇到你們了吧。」爸爸笑著說。

「連睫毛都沒了喔。你們看。」爸爸把臉湊向他們兩人。

「啊啊，真的耶。」「下次我買頂帽子來，很浮誇的那種。」「三個人做一樣的帽子如何？但我其實不太適合戴帽子啦，你看，我後腦勺扁扁的，不太好對吧。」青山先生給爸爸看自己的後腦勺。爸爸笑了。月居先生和青山先生也笑了。他們看起來宛如少年。

我們收到據說來自中華料理店老闆夫婦故鄉的薩摩炸魚餅、月居先生釀的梅酒和自己栽種的白茄子跟萬願寺辣椒。爸爸說：「我出去一下喔。」就和他們向外走。我不由得擔心，正想出聲阻止時，月居先生說：「我們會送他回家的。」隨即深深一鞠躬。那天晚上，爸爸真的是睽違許久醉著回家，襪子脫掉後就丟在走廊上。兩隻皺巴巴的黑襪子。我拍了照片。

大概在接近大谷休息站時，天色全亮了，但澄香還在睡。大谷休息站就類似於爸爸喜歡的首都高速公路上的大井休息站和箱崎休息站。爸爸喜歡的休息站就是一定要有賣飲料的自動販賣機、廁所和狹長的休息區，那裡就像是時空的口袋。不久前自己還在那條路上奔馳，此刻卻置身近在咫尺旁的休息站，耳裡聽著川流不息車輛的苦悶聲響，凝望著那條路，就好似搞不清楚自己的容身之處在哪裡，甚至原就沒有容身之處一樣，這類思緒飄過腦海，內心有股奇特的安心感，這就是爸爸喜歡的休息站。

我們在大谷休息站短暫休息後，換我開車讓爸爸休息。已經看不見街景了。我感受到一望無垠的天空和滿山遍野的綠意，將我身體的輪廓向外延展。沒多久，我們穿過山路出口回到一般道路，沿著國道向前開。有一條單線的鐵軌與國道平行延伸。路旁零星散布著掛大看板、附停車場的大間餐飲店。看板內容經常變換，要不然就是關店了，每次經過這裡時，街景似乎總又少了些。人去樓空的建築物慢慢腐朽，植物好似要將其吞沒般覆蓋住表面。崩塌毀損的建築物和斷垣殘壁顯得怵目驚心。駛過聽說快要關門的家電工廠後，四周全是田地。建在田上的鐵塔一路排到遙遠的前方。

「欸，那朵雲看起來像什麼東西？」

原本在睡覺的澄香的聲音響起，語調聽起來很清醒，不是剛睡醒的聲音，她是何時醒的呢？我先看了一眼後照鏡，再望向窗外。「哪朵雲？」爸爸看著澄香那一側的窗戶詢問。聲音乾啞地好似小石子在地上滾動。

「那朵，那座鐵塔的右上方。」

「那個是國芳[2]畫的貓吧。」爸爸用石子般的聲音回答。

「真的耶。感覺是有點目中無人的貓耶。這時要是忽然打個雷，就會一口氣變得像北齋[3]了吧。欸，春野，妳看起來像什麼？」

「嗯……煎豆腐。」國芳和北齋我都不熟，看到什麼就說什麼。

「咦？不像煎豆腐吧。硬要說的話頂多像餃子的皺褶邊吧。」

沒有頭髮、眉毛和睫毛的爸爸瞇起眼睛。朝向既是國芳的貓，也是煎豆腐，又是餃子皺褶的那朵雲，我直直開去。

「妳們記得雨的邊境嗎？」依然望著窗外的爸爸出聲問。

---

2 歌川國芳：日本江戶時代末期具有代表性的浮世繪師。運用新奇設計，天馬行空的想法和紮實的會話能力，突破浮世繪的框架，創造出許多引人入勝的作品。

3 葛飾北齋：日本江戶時代末期的浮世繪大師，多才多藝，作品主題包羅萬象，有人類各種姿態、歷史人物、蟲草鳥花、建築物，風景如富士山、瀑布、橋等，佛教道具或妖怪，象、虎、龍虛構生物及海浪、風、雨等自然現象，一生發表了超過三萬四千個作品。

「雨的邊境？」

「下雨的地方和沒有下雨的地方之間的那條界線。妳們小時候，我們去魚梁回程的路上曾穿越那條邊境，妳們記得嗎？」

「我記得。那次我有點害怕。因為原本明明一直在下雨，卻一瞬間就沒雨了。」澄香慢條斯理地說。

我當時很喜歡看雨。望著下個不停的雨，自己彷彿慢慢變成一個空洞。自己裡面空無一物，打從初始就是一個空洞，各式各樣的東西只是從自己之內穿過去，嗯，這樣就好了，之類的感覺，令人平靜。年幼的我還不知道自己為什麼喜歡雨，就老是從爸爸肩膀上方望著擊打在擋風玻璃上的雨點。我們在盛夏不停歇的雨中，空無一人的道路上，不斷向前。車子邊在柏油路面上濺起陣陣水花邊奔馳。那個畫面在某一個位置，就彷彿空間突然斷裂一般，切換到乾爽的夏季景色。好似只有我們飛越到另一個空間，我不由得害怕，回頭看向後方的來時路，那裡還在下雨。

「我也記得。」我說完，試圖回想當時還很年經的爸爸跟年幼的澄香的容貌，但我發現自己想不起他們皮膚、頭髮的質感，也想不起他們的身高。我們當時真的有穿過雨的邊境嗎？就連這件事都給人一種無法確定的感覺。

高過路面的墓地中，五六塊墓碑映入眼簾。在這個路口右轉，一片寬廣草地上有一間海產店映入眼底。這個地點並不面海，他們是怎麼進漁獲又販售那些海產的呢？我們直接開過去了，自然不得而知。海產店在炎熱天氣中看起來依然潮濕不已，彎過店家所在的轉角，再開一陣子，就看見一棟外牆貼著白色磁磚、結構簡單的三層樓高溫泉民宿。再過去，前面就是架設了魚梁的河流。

開進民宿的停車場，一開車門，就聽見蟬鳴。聽了一會交疊、拉長的蟬鳴，我感覺這個地方好似一直延伸到遠處。湧現般的蟬鳴聲展示出這裡的存在感。但就算在感覺上這個地方愈變愈寬廣，眼睛當然是看不見的，彷彿這個地方也存在於在自己所不知道之處似的，一想到這點，當這個地方因為蟬鳴向外無限擴張時，內心浮現了一股悲傷。

走進民宿，昏暗的櫃台前坐著一個薄脣的瘦削女性。平常坐在這裡的都是一位身材稍微圓潤、神情寬和的女性，即使我們一早就到了，她也會說「謝謝你們今年也特地遠道而來。」之類的招呼語，走出櫃台，向我們說明當年香魚的狀況。現在櫃台的人不一樣了，我想說早上就來辦理入住可能需要說明一番，不過爸爸報上姓名，她低頭確認一下筆記，就用類似爬蟲類動嘴巴的感覺張開薄脣，報出房間號碼。她遞過來的房間鑰匙，是溫熱的。

「那個，請問到去年為止都坐在櫃台的那位女性，今天休假嗎？」爸爸用沙啞的聲音問。

「不，並不是休假。」她的語調透露著不祥的含意，「嗯，那個人也，嗯。」說話時她的嘴巴只微微拉開了一條縫。然後她就別開視線，不再往下說。

走廊上的陰影好似較去年更深濃，我們的身體驀地沉重如鉛，朝房間走去。

一直坐在那個位置的那個人，去年究竟是怎麼了？無從得知。

我在房間裡的榻榻米躺下，遠眺著窗戶外面的河流及對岸的森林，黏糊糊的心情悄悄離我遠去，又能夠深呼吸了。爸爸和澄香也在榻榻米上躺下來。我們互相留下充足的空間，就算伸直手腳也不會碰到彼此，就這樣躺著。爸爸的腳顏色變得和手一樣，紫黃斑駁。我的側腹處又開始呼嚕呼嚕了，因此我就把目光移向澄香塗了灰色指甲油的腳趾。

「小黃瓜的香氣。」

爸爸用乾涸的聲音說。

「有小黃瓜的香氣嗎？」澄香將灰色的腳趾向下壓，坐起上半身問。

小黃瓜的香氣，小黃瓜的香氣，我嘴裡念念有詞，嗅聞房間中的氣味，但完全沒聞到類似的氣味。

「野生的香魚會散發出小黃瓜的香氣啦。」

爸爸一這麼說完，就伸出顏色斑駁的手摸了摸沒頭髮的頭。明明每年都來吃香魚，我卻完全不曉得有香氣這回事。

接著，我們出門去民宿後方的魚梁旁吃香魚。陽光彷彿要消滅我們的影子般從正上方照射下來。明只是短短一段路，後背和雙乳中間卻不斷湧出汗水。在炙熱的陽光中，爸爸身上卻連一顆汗珠都沒有，那副好似被擰乾、宛如漂流木般的身軀走路時拖著一隻腳，左腳不斷摩擦過乾燥的路面。

我們走近魚梁旁的平房，那是一間有挑高天花板的餐廳。牆上用圖釘固定著菜單，上頭的黑色麥克筆字跡全向右上方傾斜。開放式廚房中，看起來像是爺爺、兒子和孫輩的老中青三代圍著圍裙，最年輕的孫輩女性背上還用帶子牢牢綁著一個嬰兒。乳房形狀顯得十分突出。一個客人也沒有。印象中以前客人好像比較多，但那些記憶也模模糊糊的。

我們喝著麥茶等待鹽烤香魚上桌時，聽見廚房傳來宏亮有力的哭聲。綁在後背上的那個小嬰兒哭得整張臉都皺在一起。

「上次呀。」澄香開啟話題。

「上次，總公司的人過來，下班後大家一起去吃飯。去車站附近那家平時常去的店。」

總公司的人，就是每年負責和澄香更新雇用契約的人，她一年會出現幾次，來向澄香每天用心打理的那間機構的所長打招呼。她和生田目先生年齡相仿，有三個小孩，身著套裝而非制服，戴著小巧雅致的耳環，走路的姿態很像下一刻就要直接撐竿跳起的那種走路法，她看起來總是在瞄準好要放竿子的位置後，將竿子紮實往地上一頂，再大步飛向前（這是澄香的形容）。

澄香的制服已經換季成短袖了，但她說自己還沒能獲得提出標語的機會。我因工作需要必須參加公司附近神社的盂蘭盆舞大會，最近開始在午休後和正跟老婆分居但每星期又會同住兩天的主任一起練習舞蹈動作。主任的動作完美無瑕，我可以一直欣賞都不會膩。音樂一響起，或許因為已經是第三年了吧，身體自己「啪啪，啪」地抬手打起拍子。我察覺到內心好像比身體慢了一拍，有種不諧調的感覺，但音樂不斷前進，也只好跟著繼續跳。身體一跳起舞，我就感受到內心像被拋在後頭了，既然如此，是不是只要身體和內心步調一致，我就能跳出完美無瑕的盂蘭盆舞了呢？我邊想邊將雙手朝斜後方揮去，連指尖都伸得筆直。

「退後，退後，畫——圓，畫——圓，前面，前面，右——邊拍一下，左——邊拍一下。」身體配合著主任的聲音做出動作。啊——唷咿唷咿，明年我也能像這樣跳舞嗎？每一天，內心邊努力追趕身體，邊淡淡思索著這個問題，又專心和主任練舞。

爸爸用顏色斑駁的手端起盛著麥茶的玻璃杯送到嘴邊。我跟著喝起麥茶後，澄香也稍微喝了一點，再繼續往下講。

「我說，我每年都會和爸爸跟姊姊一起去魚梁，生田目先生就說，成年後還能每天跟家人相處，甚至一起去旅行，很厲害耶。」

「我問，哪裡厲害？結果總公司的人搶先生田目先生回，妳們家人的感情一定很好吧。不過，妳也差不多開始想擁有自己的家庭了吧。我回，不會啊，我完全沒有這種想法，她聽了就笑著說哎呀呀，然後突然轉向另一個人搭話，對了，所長晒得很黑耶。明明有家，有必要特地搬出去住嗎？可以向家人撒嬌不是很棒的事嗎？」

是很棒的事。我沒有想搬出家裡，或者是想和其他人一起住的想法，我只希望好似土鍋的三個人就這樣一直一起生活。去年的這個時候，前年的這個時候，都聊過同樣的話題耶，三人互相說這樣的話，歲月就如這般不斷堆疊，延伸出明年此時還想繼續聊同樣話題的期盼，這有什麼不對嗎？

「我傻笑著移動到牆邊生田目先生隔壁的座位。然後他對我說，我是羨慕才說很厲害的。我說，去斷定他人要怎麼過才叫幸福，這太蠻橫了吧。」

「嗯，那樣大概真的很蠻橫呢。」爸爸想起什麼似地回應。我想起以前曾說我們可憐的那些人，還有那些直盯著爸爸身體的目光。

兒子端著鹽烤香魚過來。

「好像赤竹葉。」澄香說。

「這麼小？」我不假思索反問。那尺寸真的非常迷你。我拉掉香魚的背鰭，從魚背咬下去。香魚肉有股好似會讓臉頰內側變柔軟的淡淡甜味。吞進喉嚨時，小黃瓜的香氣擴散開來。

「真的有小黃瓜的香氣耶。」

「嗯，有。」

「就說吧。」

爸爸很會吃魚。他把魚肉從骨頭上乾乾淨淨地剝下來，一口口吃掉。不光是魚，蝦子和螃蟹他也吃得很輕鬆，看到澄香和我舉步維艱的模樣，就出手幫我們處理得比較容易吃。

魚梁上一個人也沒有。河裡有兩三個人正在釣魚，水深及他們的腰部。河面上有幾處激盪出鮮活的水花。蟬鳴好似沒有盡頭地響個不停。

晚餐前，我和澄香去大浴場。更衣室裡有幾位剛泡完溫泉、面色泛紅的女人赤裸地坐在椅子上聊天。聽遣詞用字就知道她們是當地居民。想來不是住宿客人，只是來泡溫泉的吧。她們豐腴的身體充滿生機。暑假時我孫子要過來，真好耶，我們家的太忙來不了，我們家是好幾個小朋友都要來、想到就累，聊得不亦樂乎。

澄香和我有種誤闖別人家的感覺，低調脫光衣服，從她們身旁走過，進到浴場。然後我們並排坐下。相較於泡完溫泉的那些人，正在清洗身體的那些女人看起來隱隱流露出一種寂寞孤單的氣息。清洗自己頭髮和身體的姿態，好像在祈求一個不會實現的願望般，彷彿那份心情就飄盪在水蒸氣之中。

澄香洗臉、洗頭髮，接著從指尖開始清洗身體。

「澄香，妳都從手指開始洗啊？」

「對啊。」

澄香的膚色比我深，和爸爸的膚色類似，我的膚色大概是像媽媽。

澄香的手臂繞到背後，正在洗肩胛骨的位置。

「澄香，我幫妳洗背。」

我沒等她回應，就拿過澄香原本握在手中的毛巾幫她洗背。從後頸開始，接著是雙肩，突出的脊椎看起來好像很容易毀損，也像是澄香悲傷的暗號，因此我特別放輕動作仔細地洗。我在幫二十九歲的妹妹洗背。

「謝謝。那春野，現在輪到妳，轉過去。」

「好。」

澄香輕輕把手搭在我的肩膀上，用很多泡沫幫我清洗。

「妳再用力一點也沒關係喔。」

「那樣有點恐怖。」

澄香立刻就說出恐怖。

「我喜歡背上的這顆痣。」

澄香從泡泡上頭，用指尖迅速畫過我的後背。我心窩那附近頓時縮了縮。

好似要沖刷掉一切般將熱水淋過身體後，我們倆就一起去戶外的溫泉。已經聽不見蟬鳴了。體型比東京的烏鴉要小，翅膀顏色也顯得沉穩的牠們，回去對岸的森林了。

「欸，妳不會再和那個人碰面了嗎？」瀏海不斷滴落水珠的澄香出聲問。我看著自己泡在溫泉中的身體。

那個人，是一個很擅長接吻的人。那種好似自己會從舌頭慢慢被吃掉，自己慢慢消融不見的感覺，實在好得不得了。我沒有任何抵抗，就任由他吃掉我。一次，又一次。不知滿足，不斷重複，一直沉浸在只有兩人的活動。只要有彼此的身體和幾句話語，那樣就足夠了。即使發生爭吵，只要確定兩人的身體都還在，我就又覺得一切都無所謂了。半途偶爾感到疼痛，疼痛又慢慢消退的時刻，就像漂浮在空無一物的水中一樣。

從十幾歲起，我有大把時間都是和他一起度過的。去年，我從和他一起生活了幾個月的家，回到爸爸和澄香在的這個家時，他們兩個並不是太驚訝。我想，我們早就隱約知道，最終會走到這個結局。

沒有人開口說晚安，回到家來的我、爸爸和澄香就躺在客廳。我邊打瞌睡邊想，今晚會是個比平常更漫長的夜啊。四周很安靜，從只拉開一點的窗簾中間看出去，那是個好似熟睡人們的夢境飄浮在半空中，夏季尾聲的夜晚。

「為什麼會走到這個地步呢？」我還稍微想像得出其他的可能性，便忍不住化做言語說出來。「因為我是這種人，才會走不下去的吧。」我又補上一句。

「也有些事是沒有理由的。」背對我躺著的爸爸說。

「要是一切都有理由，不是很無聊嗎？」爸爸又接著說。

爸爸的背在我眼中變得朦朧。對不起。我突然很想道歉，但我是想對誰道歉呢？想想，說不定是想對基因道歉。因為我拒絕了延續基因的機會。

我和他討論過幾次後，才決定結束這段關係。明明才剛對罵完，他說「就這樣結束真的好嗎？」的聲音，跟當年兩個人的心彼此靠近、相互交纏時常聽見的聲音實在太過相像，所以我忽然不曉得了。然後，我想起心裡難受的那時候。

我像想再相信一次般看向他，然而眼前的這個人看起來卻宛如我完全不認識的人。好遠，我這麼感覺。他，好遠。他站在一個陌生的地方。無論是修長的手指，形狀漂亮的半月形指甲，或從前很喜歡的後頸，我全都看不見。明明他人就在我身旁，卻，已經，不在了。說不定從前陣子起，他就不在了。看著那道朝我投來的目光，我明白，在他心中也認為，我，好遠。所以我才選擇結束。他哪裡好？澄香問我。話語和身體，那不是超棒的嗎？大概是吧，我以前也是真的很喜歡那個人喔。春野，妳還惦記他吧？回去啊。澄香這麼對我說。可是我想要的，只有和他在一起，但他卻對我說，我們來製造一個家人吧。望著他描繪有小孩後的生活，我只覺得他的甜蜜負累會一個個變多，把我團團包圍住。他身上那陌生的血緣正在對我說，生小孩吧。我不要小孩。當我這麼告訴他時，他露出悲傷的神情。然後，我就回到老家。

家人是可以製造的東西嗎？假設爸爸、澄香跟我的關係類似土鍋，那應該是比製造更有機的關係不是嗎？為了避免在開大火時破裂，要先製造出好的裂痕，一旦裂痕開始變深了，就必須再保養一次。裂痕是必要的。因為沒有裂痕的完美形體很容易就會毀損。因此要珍視著裂痕過日子。我們就這樣，在心中祈求能永久相伴，一天天過下去。

每當聽見或看見建立家庭這種說法，我就有一種從半空中窺視著空洞自己的感覺。還有澄香，她也一直都會避開建立家庭這種措辭方式。不過我們姊妹倆的這種特質，絕對不是起因於有白皙雙手的那個人。

「我們很可能是一對沒辦法傳承爸爸基因的姊妹呢。」

澄香的聲音裡沒有悲壯的色彩，看來也並不以此為恥，也不帶有感傷，反倒令人感受到一種乾淨。澄香在水面上赤裸的上半身沐浴在夕陽餘暉中。從透出青色血管的乳房一路到腹部的線條十分優美。我的妹妹是個美麗的人。澄香的身體，是只屬於她的東西。這個想法突如其來地躍入腦海。爸爸的身體也是只屬於爸爸的東西。然後，我的身體，也是只屬於我的東西。不屬於其他任何人。「說的也是呢。」我回應，也坐到和澄香一樣的高度。

「香魚，很好吃吧？」

「嗯。」

「真的有小黃瓜的香氣耶。」

「真的有。」

我試圖回想起今天才剛吃完那條香魚的味道，卻已經想不起來了。我什麼事都會忘記。尤其是那些不想忘的，都會像一點一滴剝落般忘得一乾二淨。就連那些好想留住那一刻的幾個瞬間也會忘記。然而，即使會忘卻一切，我也希望將今日香魚的香氣銘記在心中。

身體某處是否殘留著那個香氣的餘韻呢？我邊泡溫泉，邊尋找香魚的香氣。我會一直找下去。

地平線所在的地方

外頭的空氣就像套上新衣時那般令人神清氣爽。天空很高，放眼望去一片透明，感覺彷彿要被天空吸進去一樣，或許因為這個緣故吧，我微微有種寂寞般的心情。雖然心裡頭好像總是有點寂寞，但那種感受的純度提高了，寂寞變得如此清晰明確，彷彿即將析出一顆顆結晶。

棕櫚搖晃著。風吹拂著。風的起點到底在哪裡呢？我會想這些有的沒的，果然是因為置身於如此透明的空氣中的緣故嗎？在這樣的空氣裡，我代替現在很少來庭院的爸爸打理庭院。那些植物暫停了成長，庭院迎來成熟的時節。卻又彷彿在每天迎接早晨時，邊感受著寒冷又即將降臨，邊靜悄悄地進行準備。昨天，玫瑰開了。這些玫瑰是擁有白皙雙手的那個人過世後，月居先生和青山先生種下的。後來爸爸又扦插出更多株。玫瑰們相較於溫暖季節時，葉片和花冠相繼轉為沉穩的色彩。等這些玫瑰凋落，就要為下一個春天修剪枝條。往年都是我和爸爸一起修剪的，今年恐怕我得一個人做了。只有妳一個人也沒問題吧，爸爸說。一天天凋零的花冠，一天天掉落的葉片，和那句話重疊了，讓我心中寂寞的結晶漸漸變得如刀鋒般銳利。我先摘幾朵要插在房間花瓶裡的玫瑰，再開始撿拾掉落腳邊的大量玉蘭枯葉。一片一片地撿，卻仍是一地枯葉。感覺反而變得更多了。看著那些我明明在設法減少卻愈變愈多的枯葉，我想起爸爸愈來愈常講的那句「抱歉」。

爸爸身體各處的關節，就像皮膚下方有東西滯留似地微微腫脹。眼皮、臉頰、手指、腳踝都鼓鼓的，身體輪廓變化著，每一天，爸爸都漸漸變得像是另一個人。爸爸自己似乎不知該如何應付這個輪廓產生變化的身體。早上起床想要洗臉站在洗手台前時，想要穿襪子彎下身時，一顆顆扣上襯衫的鈕釦時，從打地舖換成睡床、要雙腳踩地坐在床上時，道早安的時候，道晚安的時候，我知道爸爸都不知所措。爸爸的內心和身體漸漸分離，在日益加深的那條暗溝中，天氣仍炎熱那陣子我看見的那些蠢蠢蠕動、散發出河口氣味的東西愈來愈多了。那些東西變成薄薄的陰影，在爸爸的身體裡順暢無阻地自由往來。

「來訂一些近一點的目標吧。像是，下下星期和月居先生跟青山先生在庭院燒銀杏，或者跟妳們一起去附近的溫泉旅行之類的。」爸爸抵抗般地說。爸爸的雙眼，那兩座淡褐色的湖泊，像水面落入了一滴雨珠般微微晃動著。而我只是注視著爸爸的湖泊在內心跟身體逐漸分離時，一直輕微晃動著。

所有食物爸爸吃起來都像沙子的味道，不管是土鍋炊煮的新米，或者用炭爐燒烤的香菇，每次他送入口中，都會安靜而憤怒似地說「這個也是沙子」。然後食物剩下來時，他就會說「抱歉」。沒辦法起身的早晨，發高燒的半夜，在前進的車上休息時，他都會說，抱歉。

澄香和我花更多時間來料理食物，弄涼拌菜前，會先把芝麻炒香再用缽磨碎，也會耐著性子翻炒麵粉，再用麵糊燉牛肉，但全都被爸爸說是沙子。被評為沙子，我體內深處顫抖著，同時那個呼嚕呼嚕也動了起來，我頓時搞不清楚自己身在何處。明明是待在以前一直認為正確的位置上，結果那裡根本完全不是正確的位置，那麼究竟哪裡才是正確的位置呢？好累，光要去找那個位置都令人心力交瘁。這種時刻我會暫時走到窗邊，望著庭院緩慢地、長長地舒出一口氣。然後嘗試想著那雙白皙的手。結果，體內的顫抖和呼嚕呼嚕都逐漸遠去，我被從我這個身體剝離開來，正確與否這類概念也被拆除，我變成一個更純粹許多的存在，我感覺到自己被白皙的雙手接住了。原來有時候，相較於活著的人，人會從不在世上的人得到更大的力量。我又獲得了一個新的體悟。

今天晚上，我和澄香計畫要煮壽喜燒，一方面也是因為明天爸爸要去那棟建築物內做檢查。爸爸說不用陪他去沒關係，但澄香和我明天都會請假同行。早上我和澄香去百貨公司買了特級牛肉和優質雞蛋，再搭公車回家。

「涉谷的底部，明明差不多到這裡就夠了。」在開始爬二四六號線斜坡的公車裡，澄香拉開皮革外套的拉鍊，邊調整焦糖色圍巾打結的位置邊說。

涉谷最近一直在挖洞。從原先是底部的地方，再把底部往深處推。各條斜坡終點的底部原本都是涉谷，但因為一直更往地底深處挖掘，不曉得最後要挖到哪裡才能抵達終點。

「自下雪那一天起，已經快要一年了。」「真的耶。」我回應後，不禁思考著，自己有如同在那場雪中的公車站牌前和澄香約定的那樣，毫無保留地過著每一天嗎？其實我到現在還是不太清楚毫無保留的意思，因此趁司機剎車，公車暫時停下的時機開口問。

「我現在還是不清楚，什麼是毫無保留地生活，我有做到嗎？總之，我每天都有說早安和晚安。」

「妳有做到喔。」

「真的？」

「我們三個人不是待在同一個場所，好好看著同一樣東西嗎？」

「嗯。」是否有看著同一樣東西這我是沒把握，但我點了頭。

我們看慣的二四六號線就位在首都高速公路的正下方，因此平常都顯得十分昏暗。這份昏暗出乎意料地令人安心，或許是因為那裡不太受時間或天氣影響，總是那麼暗的緣故吧。在行駛於那條穩定不變灰暗道路的公車後面座位上，我腦中想的是，「終點」這個詞只不過是一時權宜的說法而已，或許就如同終點也不斷向地底下推進的涉谷底部一樣，會沒有盡頭地一直持續下去吧？

回到家時，爸爸在床上睡覺。我們發現忘記買蒟蒻絲，澄香出門去買，於是我就走到庭院。

我在枯葉環繞下發了一會呆，後面響起敲窗戶的聲音。輪廓變形的爸爸站在那裡。隔著窗戶面對爸爸，讓我感覺好像置身於儀式中，我慌忙脫掉拖鞋，經過爸爸旁邊，走向廚房。澄香不知何時已經回來了，正開始用土鍋炊煮白飯，現在到小火的階段了。

「我回來了。」

「妳回來啦。」我應聲，開始準備壽喜燒的食材，一一切好厚肉香菇、香氣宜人的山茼蒿、粗壯的蔥、冰涼豆腐店的烤豆腐。取出卡式爐放到餐桌上，再擺上煮壽喜燒用的鍋子。

土鍋裡的白飯一煮好，三人就圍繞著壽喜燒鍋坐下來。把壽喜燒醬汁倒進鍋中加熱。在碗裡打個蛋，攪拌一下。這是蛋黃富有彈力的優質雞蛋。讓人看得都要入迷了。看到壽喜燒醬汁開始冒泡後，先下一片肉。鮮紅肉片的顏色轉變後，我說「來」，把肉夾進爸爸碗裡。爸爸裹上蛋液，送進嘴裡。澄香和我一直盯著他的反應。

「好吃。」

睽違許久終於又聽見爸爸說好吃，我的深處震動了。我很高興，說著「再來一片」，又下了一片肉。「澄香，妳也吃。」說完，再放進一片肉。我們家吃壽喜燒的方式是等醬汁熱了以後，一開始只煮肉，先吃個兩、三片肉，再添上一些醬汁煮蔬菜來吃。如果一開始就下蔬菜，蔬菜出水會稀釋醬汁，所以開頭只煮肉才能好好品嘗牛肉的滋味。一旦蛋液因混進醬汁顏色改變，我們就爽快換上新的。山茼蒿要小心別煮過頭，保留清脆口感最為美味。最後，掀開土鍋的蓋子。我感覺到，開蓋的這瞬間，我們心中大概都在想同一件事。想著，即使偶爾也好，真希望這瞬間以後也可以持續下去。

吃完白飯，我拿起一顆大梨子削皮。這梨子是前天晚上月居先生和青山先生拿來的。那天晚上，爸爸微微發燒，眼皮腫脹，眼睛只剩下平常的一半大小。他們只和爸爸聊一下就回去了，離開時的背影看起來好似正在尋找什麼東西，或許因為這個緣故，兩道身影很快就融入漆黑的夜色之中。

今晚，爸爸的眼睛雖稍微被眼皮蓋住，但形狀很接近以前的模樣。

「每星期同住兩天的主任，最近好嗎？」澄香伸手去拿梨子時，順口問起。

「很好啊。聽說現在偶爾會同住三天。」

「變多了耶。」

「不過也有時是一星期一天。」

「一星期一天，這樣還叫同住嗎？」

「當事人認為是同住的話，那就算同住了吧。」爸爸用理所當然的語氣說，我們也認同地回，是啦，說的也是。

「澄香，又到展覽的時期了吧。」爸爸邊吃第三片梨子邊說。今晚，爸爸胃口特別好。

「嗯。每天都有作品送進來，可能因為這樣，建築物的色調好像一下子增加了許多層。」

澄香工作的那間機構裡的文化中心，每年一到這個時期，住在該區的民眾就會就會提交畫、短歌[4]、拼布、陶瓷器或詩集等五花八門的創作品過去，辦一場聯合展覽。展場規畫則由澄香趁工作空檔義務幫忙。

「今年生田目先生也幫忙布展。他的品味相當好喔。」

「大概可以想像。」生田目先生這個人一定會理所當然地用心對待他人製做的物品。

爸爸伸手拿了第四片梨子。

「雖然沒親眼見過創作作品的人，但有些創作者每年都會送作品參展，一年年看下來，就能想像得出那個人大概是個什麼樣的人呢。我和生田目先生聊過，作品說不定會透露出比見面聊天更多的訊息。」

澄香說的這些話，是否就和我想著那雙白皙的手一樣呢？

「生田目先生說，他很想在夜裡所有人都離開後、空無一人的展覽會場，在那些作品的環繞下睡一晚。」

「好像夢殿耶。」爸爸邊吃第四片梨子邊說。

「夢殿？」

「為了做夢而閉關的場所。自古以來有許多人都渴求夢境。」

「為了什麼？」

「為了接收天啟或神諭。但其實也沒那麼嚴肅，就只是單純想和什麼東西在更深處產生連結，不是嗎？像是一種眼睛看不見的存在，或者是不在世上的人，就只是想透過夢境和這些東西連接不是嗎？」

4 短歌：和歌的一種形式，為「五、七、五、七、七」，五句體的歌體。在奈良時代，相對於長歌稱做短歌；平安時代以後，相對於漢詩稱和歌；明治時代後半至現在，相對於新體詩又再稱做短歌。

「我覺得有點恐怖。」

聽了爸爸和我的對話，澄香又說了，恐怖。

「恐怖？」

「很恐怖啊。你們想，就算沒在睡覺，現在裡面也充滿了類似意念的東西，整個機構簡直像變成了一個生命體。我的話，大概比較希望夢殿是規模小一點的展覽。」

三人一起喝了口茶。比方說，這個家也是一個夢殿。我們好像在無意識之中連接在一起了。就像是希望可以一直掀開土鍋的蓋子，或者是想著那雙白皙的手般的心情。大概，有連接在一起。

半夜醒來，我感到內心似乎騷動不安，走下樓就發現洗手間燈亮著。

有水聲。

洗手間裡爸爸在洗內褲。流出髒水。鏡中倒映著神情沮喪的爸爸，他正打算向我說些什麼，因此我說「沒關係的」，也不知道是在對自己說，還是對爸爸說。這時，澄香抱著髒床單走來。

「春野，我來就好，妳去睡吧。」

「我來幫忙。」

「妳最近看起來也滿累的，不用啦。」

「抱歉。」爸爸小聲說。

「你別道歉啦。」我旋緊水龍頭。

「換上新床單了，爸爸你去休息吧。」澄香摸摸爸爸的背。

「抱歉。」爸爸又道歉了。

「你不用道歉啦。」我這次的語氣比自己預想得更強烈，爸爸那雙淡褐色眼睛頓時黯淡了。爸爸一言不發邁開步伐，跛著腳朝走廊深處走去。

「晚安。」澄香朝爸爸的背影說。

「晚安。」爸爸回過身，語調安靜地回。

「晚安。」向著又背對我們的爸爸，我低聲義務性地說。明明沒有人做錯事，明明也可以更正面看待，明明也可以純粹享受一切，明明也可以什麼都不管地盡情大笑，明明也可以去感受一線希望，不，是所有的一切才對，但我們卻不得不悲傷。連高興時也悲傷。只是，我感覺到說晚安，說明天見，好像變成了一件極為困難的事。

「最近其實發生過幾次了。」

澄香在洗手間邊洗爸爸的睡衣邊說。

「我都不知道。」我一點都不曉得。

「因為睡衣和床單都在半夜就丟烘乾機了啊。」

「抱歉，我都不知道。」

「沒事。快去睡吧，晚安。」鏡面上，澄香說話時的表情，看不出是在哭還是在笑。

呼嚕呼嚕，呼嚕呼嚕。呼嚕呼嚕呼嚕呼嚕呼嚕呼嚕。在我的肌膚底下，黏糊糊的呼嚕呼嚕爬過各處。逐漸麻痺我，讓我變得遲鈍。我在黑漆漆的客廳沙發坐下。那雙白皙的手，朦朧浮現在黑暗之中。

我大概是就這樣睡著了，忽然一陣寒意襲來，我睜開雙眼，爸爸就坐在旁邊。我有股不對勁的感覺，再看了一次身旁。雖然很像，但並不是爸爸。

你是誰？

我有文雪喔。

你聲音，很奇怪。

您在說什麼等，等，等。

你講話真奇怪。

咕呵呵呵，因為我才剛學會講話，但妳看，我已經講得這麼好了。馬上就會更厲害吧。

別這樣。

茶，好喝，嗯，水分也一樣，但我啊，喜歡肉，就像，下次再像今晚一樣吃高級肉片吧，春野。

你不要隨便叫我的名字。

妳的，我是爸爸喔。

才不是。

你是爸爸體內的壞東西吧。

呵哈哈哈，我呀，是裂痕喔。

你才不是裂痕，是假的裂痕吧。所以，滾出去。明明一開始只有魚苗那麼小，卻自己愈長愈大，我叫你滾出去。

辦不到耶，我是文雪。

不准說名字，貪圖別人的身體，等吃乾抹淨，你自己很快也得跟著滅亡，明明你數量增加，也會讓你靠近自己的終點，為什麼不罷手呢？

嘻嘻嘻嘻，妳講話真奇怪耶，妳不是也一樣嗎？

一樣？你什麼意思？

別問這種不經大腦的問題啦，這個瞬間，明明妳也是不斷在靠近自己的終點，不，不是終點，是進化。我，是裂痕，是進化的過程，和我一起進化吧，啊啊，肚子餓了耶，好想要蛋白質，啊啊，不夠，不夠。

夠了，你不要這樣。

「夠了，你不要這樣，不要繼續破壞我們了。」眼淚滑下。

春野，不要哭。抱歉啦。害妳難過，害妳擔心，抱歉。

你不要道歉啦。這樣呼嚕呼嚕又要啟動了。讓我只有難過就好啊。如果能只沉浸在悲傷中，那就輕鬆多了。好煩躁，我好煩躁。可是，比起煩躁更難受的是，我希望你活下去。我只是，希望你活下去。希望你明天也活著。只是這樣而已。可是，因為那是無法實現的願望，所以我一直裝出煩躁不耐的模樣。不過，已經夠了。我要拚了命祈禱。為你祈禱。就連呼嚕呼嚕，一切，我都會毫無保留地接受，即使如此我也要祈禱。明天，我想再見到你。我會用身體毫無保留地承接一切，感受一切，同時深深祈禱。

在沿著河岸向前駛的車子裡，我們望著夕陽。

天空下的多棟高樓，正在蓋的公寓上的起重機，因大雨崩塌的河邊護岸工程，彷彿要吞沒那道狹縫上一排矮小房屋的橙色圓球，一一映入眼簾。那顆幾乎占據了半個天空的巨大圓球，邊緣像在跳奇特舞蹈般晃動著，裡面似乎有熱流持續擾動著，那股力道大到橙色幾乎都要從邊緣潑灑出來。

橙色圓球逐漸下沉的那附近呈現出宛如通往異世界的大片奇異色彩。

在夜晚降臨前那模糊曖昧的時刻中，我們不斷前行。漸漸搞不清楚自己正朝向何方。是否在哪裡搞錯了什麼呢？是否曾不經意對誰做出過分的行徑呢？什麼才是正確的呢？為什麼西沉的太陽看起來如此巨大呢？要怎麼樣才算是活在當下呢？然後，要怎麼樣才算是失去了生命呢？一切的界線都變得模糊不清。連這根手指、頭髮、包裹在衣服下的身體，都逐漸喪失輪廓，彷彿就連記憶也逐步溶化一般。我注意到奔馳的車體都挨近路肩了，重新把力量灌注進握著方向盤的手。

「我想，去外面一下。」

坐在副駕駛座上的爸爸說。聲音宛如綻開、快斷掉的絲線。「好。」我回道，立刻打方向燈，轉進右側的住宅區，在附近的投幣式停車場停好車。爸爸開了車門，用左腳把自己撐起來，下到車外。我們也慌慌張張地下車。爸爸一拐一拐地朝河邊走去，走到通往堤防上面的階梯下。
「你要上去嗎？」我問爸爸，他輕輕點頭。我看向澄香，她也點頭。三個人一起，一階階往上走。每一階，爸爸都要用雙手抬起左腿，才踩得上去。爸爸沒辦法單憑左腿自身的力量就抬高腿。澄香想幫忙，爸爸搖頭。他花時間，靠自己把自己的腿抬起來，一階、一階往上走。
走到堤防上，有種自己正站在地面和天空的中間的感覺。可以看見對岸的鐵橋上車輛川流不息。
我們三人開始在這座堤防上散步，是在澄香滿二十歲之後。在一間能望見河的店裡喝啤酒和葡萄酒，用餐，然後一直走到河邊空地，迎風漫步，享受微醺的感覺再回家。太冷不行，夜色不美也不行，因此這個時期散步正好。雖然四周高聳的建築物變多了，但河從來沒變。一直都在這兒潺潺流動。偶爾，通往對岸的鐵橋上，會有亮著白晃晃燈光的電車馳騁而過。車廂經過鐵橋的聲音就像要飛向天際般響起。伴隨著那一聲聲解放之音，我們好似也從什麼東西之中被解放出來。

我們姊妹走在爸爸後面，心不在焉地聊著剛才那家店的店員誰跟誰比較要好，那個味道要怎樣才能做出來，青山先生和月居先生的事，新職場的事，明天的天氣，或者是昨天玫瑰開了耶這類不著邊際的話題。好像沒意義，又好似有意義，其實不管哪個也都無所謂，就是三人一起聊聊天，走走路。那裡有一顆星星耶，我邊感受令人自然想要這麼說的夜晚邊走著。對我來說，說話時不用先考慮內容有無意義的對象，就只有爸爸和澄香。

「說不定，是我毀掉妳們的媽媽的。從那時起，我一直都會這樣想。」

旁邊的爸爸說。

擁有那雙白皙的手的人。冰涼的手散發出好聞微甜氣味的人。只要被那雙手觸碰，就能讓人產生一種明亮光彩脹滿體內的心情。擁有這樣一雙手的人，有可能被誰毀掉嗎？而且，爸爸長年來都在心底抱持著這種想法過日子嗎？

「不是所有的事情都有原因。不是嗎？」我說。這是爸爸告訴我的道理。

「說的也是呢。只是，我在和妳們一起生活時，偶爾會不經意這麼想。然後，每次這種時刻我也會想，我要做自己想做的事，別讓人生有遺憾。」

從河中沙洲上的草叢飛出一隻白鳥。爸爸被人說，已經不用再進行治療了。換句話說，爸爸接下來只要經歷身體自然的變化。而澄香和我，會從旁看著那一切。夕陽餘暉在河面反射出無數耀眼的亮光。

「自從下雪的那一天起，我就一直在發顫。」

我彷彿受到河面璀璨亮光的引領，將那種感受化做了語言。

「我內在深處，痛苦地發顫著。明明以前從來不曾這樣過。明明即使是媽媽過世時，或者和誰分道揚鑣，都不曾這樣過。」

我說到「不曾這樣過」時，聲音彷彿破碎了。站在身旁的澄香握住我的手。

「我也是，一直都在發顫喔。」爸爸說。那張側臉在河面亮光的照耀下，看起來十分眩目。

「大概是靈魂之類的東西在發顫也說不定呢。」爸爸繼續說。這樣啊，原來在我體內深處發顫的是我的靈魂啊？只是，靈魂是什麼呢？

「靈魂，是什麼呢？」澄香問。

靈魂。我用幾乎沒人聽得見的聲音說出口。位在胸口附近的一團東西忽然掉落到一個舒服的位置，接著，心情慢慢暖和起來，那團東西往更深的地方不斷掉落下去，和它一同發顫。

靈魂是什麼顏色，又長什麼形狀呢？聞起來是什麼樣的氣味，又是什麼樣的溫度呢？

我強烈希望自己的靈魂，能與爸爸的相似。

「地平線，真的存在嗎？即使朝著自己猜想的方向走過去，大概不管走多久也走不到吧。」澄香說。

走不到的地平線、靈魂、白皙的手，全是些碰觸不到的東西啊。我心想。

「那應該不是要讓妳走到的地方，而是要讓妳一直注視的地方吧。人們一定是從以前開始，就像這樣，大家一起注視著地平線的所在之處。有人類，也有野獸，大家。因為那幅光景，大家全都顫動不已不是嗎？地平線大概就是這樣一個地方吧。」爸爸回答。

或許我們真的就像這樣，永久地繼承了顫動的心情吧。或許血沒辦法留下來，但或許，靈魂可以。我這麼想。

直到太陽消失為止，我們站成一橫排，深信著地平線就在那裡，一直注視著那個地方。

雪的聲音

「十年前的ㄚ，和現在的ㄚ，都一樣是ㄚ，但簡直完全不同耶。」

在床上，爸爸緩緩地反覆說了好幾次「ㄚ」。他的聲音是一陣微小的振動，小到不豎起耳朵就幾乎聽不見。爸爸現在的聲音讓我明白，聲音，原本就是一種振動。化為言語來傳達意念，對爸爸來說是需要耗費能量和注意力的動作。因此我們也集中精神避免漏聽。

「ㄚ……ㄚ。」

我學他，嘗試發出了好幾個ㄚ，但我根本就不記得十年前的ㄚ聽起來長怎樣，因此也辨別不出來。

「ㄚ，」爸爸發出微小的聲音，「妳聽，我的ㄚ，好像泡沫。」

「聽起來像泡沫一樣。」說完，爸爸就閉上眼睛點頭。

像泡沫一樣的ㄚ，卻清楚傳進了我的耳裡。

每次因為爸爸話裡的呼嚕呼嚕又啟動時，我依然反射性想要逃。不過我學會了大概五次裡能有一次，連同呼嚕呼嚕的流動都接納進自己身體的方法。就是魚梁的結構。刻意攔住水流，半是不得已地捉住波動起伏的呼嚕呼嚕。溫熱，又噁心，但只要等一會，呼嚕呼嚕的力道就會逐漸消退。我才體會到，像這樣捕捉進來的爸爸的話語，滋味是多麼深刻。捕捉進自己裡面的爸爸的話語，一點一滴地浸潤我。那些話語帶領我去到各種地方。夜裡空無一人的海，充滿微生物的庭院中搖曳的火焰，蟬鳴層層疊疊並不斷擴張的森林，逐漸西沉的太陽和光輝照耀的河面。一切都那麼美。要毫無保留地生活，一年前和澄香許下的這個約定，我依然不知道自己是否有做到。最近，光是說晚安我就想哭，光是道早安，爸爸口中的那個靈魂就會顫動。然而現在，爸爸說出的每一個音，每一個音，都彷彿浸潤我全身。

從爸爸房間可以清楚看見庭院裡的南天竹結了許多鮮紅色果實。在失去色彩的庭院裡，鮮紅果實看起來就顯得特別高貴。宛如一幅畫般靜謐的庭院，好似一心在等待不久後理應造訪的陽光。

臥床的爸爸變得愈來愈單薄，有時好像透明到看得見他身後的另一側。令人忍不住懷疑是不是一個不留神，那副單薄的身軀就會飄向天花板，要是窗戶剛好開著，說不定就順勢飄上天空了。我甚至還想過，為了避免爸爸飛走，要不要用繩子把他的手腕綁在床架上。這幾天一直不放心這件事，澄香和我都很猶豫是否該去上班。但爸爸叫我們去，所以我們就去上班。一到家在玄關脫下鞋子隨手一扔就跑過走廊直奔爸爸房間，確定他沒有不小心飄走了。通常，他都把床上的床頭靠墊立起來，闔著雙眼。

偶爾，他會說抱歉，不過現在更常說的是，謝謝。由於體內沒有注入任何東西，頭髮又長出來了。他不再泡澡，改用擦澡清潔身體。只有他說今天身體狀況非常好的時候才會淋浴。他要脫衣服時，我們會稍微幫忙。每次脫下貼身衣物或襪子，都會飄下乾燥的白色粉末。是爸爸皮膚的殘骸。他幾乎不吃東西。由於現在沒辦法咬東西，只能透過小口小口喝白粥或柔軟的食物這種方式來攝取營養。為了吃東西或排泄他會移動，但他現在沒辦法自己保持平衡，每次扶著東西或牆壁走路時看起來就像在風中飄搖的布巾，不管是睡覺或走路，他隨時都一副快飄到空中的模樣，

爸爸好像偶爾會看見澄香跟我看不到的東西，還會跟那些東西講話。他含糊不清的聲音在說些什麼，我聽不太清楚。這種時候，直到他和那些東西的對話結束前，澄香和我都不會進去爸爸的房間。

爸爸的樣貌變得十分奇特，令人不禁要懷疑他已超越性別，甚至可以在時空中移動了。

敲門聲輕輕響起，帶著檸檬黃手套和手織的粉桃色圍巾，身穿藍色大衣的澄香走了進來。

「我聽到了各式各樣的，Ｙ。」

「我們在聊十年前的Ｙ和現在的Ｙ不一樣了。對吧？」說完我看向爸

爸，他已閉上眼。

「十年前的ㄚ呀。是什麼感覺呢？」

澄香也重複講了幾次「ㄚ」。無論爸爸是醒著，還是睡著了，最近澄香和我像這樣待在爸爸身旁的時間增加了。聽說，人一直到臨終都聽得見聲音。「差不多該出去買東西囉。」「好。」「爸爸，我們出去了。」「我們出門囉。」

沒有回應。

從昨天起，澄香和我開始短暫休假。我和澄香走過年底的住宅區。日益期待迎接新年的雀躍心情顯示在每戶人家的玄關前及窗邊。我心裡難免也有種類似羨慕的情緒，但我也知道我們只要按照我們的方式去迎接新年就好了，只是，即使如此，體內深處依然有股揮之不去的寂寥。我感受著這份寂寥，一邊想著。

身在只差一點就要抵達頂點的地方，期待著那一刻到來的時間點，情緒往往最是高昂。那是一種有什麼東西即將飛散開來的預感，明明希望那一刻快點到，卻又希望能一直維持在這種不斷鼓脹的心情之中，而此刻充滿這種氛圍、正在進行歲末大特價的商店街中，人們忙碌穿梭著。熙熙攘攘的街區，保持著一種快要脹破卻又未曾真正脹破的微妙平衡。已禁止通行的路上隨處可見大特價的宣傳文句，藍色和紅色的宣傳旗林立。日用雜貨店在店門口烤起與商品毫無關連的番薯，穿著各色服飾的手紛紛伸向進口商品店家在門口免費贈送的紙杯裝咖啡，隔著一段距離的印度料理店飄來咖哩的香氣。轉角的鮮魚店聚集了一群人，頭上圍著毛巾、腳上套著長筒雨鞋的店員正用渾厚的聲音吆喝著，接下來要進行鮪魚的解體秀。更多人湧了過來，根本看不見店裡陳列的鮮魚。我有種整條街都朝著某個方向湧動的錯覺，不自覺轉頭看向最角落的那間豆腐店。水藍色磁磚的豆腐店一如往常，一派清涼地佇立在那裡，看見那間豆腐店，我的心情不自覺平靜下來。

「明年開始，我就要和生田目先生一起負責直布條了。」澄香的聲音在擁擠人潮中顯得凜然。

「妳開心嗎？」

「我不知道。」

「這樣啊。」

澄香第一個完成的標語會是什麼呢？我腦中閃過這個念頭，但沒有說出口。澄香把圍巾拉高到鼻尖的位置問：「春野，妳的工作順利嗎？」

「從這個月開始，消毒相關商品等一部分商品出貨量增加，有點忙，不過，視力還有一點二左右。」

「視力一點二？」

「就是頭腦清晰不模糊，看起來夠格的意思。換句話說，很順利。」

「這樣呀，很棒耶。」

我們去和菓子店買紅豆沙回家。先確定爸爸沒有從床上飄起來後，我們就動手製做羊羹。今年早就決定要捨棄正統年菜，只用現成的紅豆沙來製做羊羹，然後再煮個火鍋之類的。

把從早上就用清水泡軟的洋菜放進鍋中，開小火。今天由我來製做羊羹，澄香負責在旁邊看。洋菜漸漸融化。一旦開始有氣泡浮出來，用木鏟攪拌的手感就會出現一種恰到好處的重量。等洋菜都融化了，再放進紅豆沙繼續攪拌。豆沙香氣微微飄散出來。

「好香。」澄香說。

當紅豆沙變得黏稠，攪拌時要小心別讓豆沙燒焦黏在鍋底。等到用木鏟舀起來豆沙糊也不會流下去，而會殘留在鏟子上的狀態時就關火。攤開白色棉布覆蓋在碗上，倒進豆沙糊，把多餘的東西過濾掉。這時可以透過白色棉布感受到豆沙糊的熱度，這份暖意是澄香和我都很喜歡的。內心會湧現一種類似安心，又類似見到懷念事物的感受。把過濾完的豆沙糊倒進模具，再來就只要放置一小時左右等它凝固。

「要不要來泡足浴？」

回想起剛才白色棉布傳來的暖意，我向澄香提議。

「說的也是呢。」澄香回答完，我們就立刻著手準備。我們已經做過很多次了，動作都很熟練。在兩個水桶裡裝好熱水，拿著調溫用的熱水和毛巾等走到爸爸的房間，爸爸正睜眼望著房間的角落。

「爸爸，要不要泡足浴？」澄香出聲詢問。「啊啊。」爸爸注意到我們的存在，手抓住床側柵欄，抬起上半身，將雙腿從床沿垂下來。我們把水桶放在浴巾上面，幫爸爸脫掉襪子。爸爸的殘骸飄落下來。可能因為大部分時間都在睡覺，爸爸的關節變得很僵硬，從小腿到腳踝都伸得直挺挺的，這與其說是人類的身體，更像是植物。細心捧著那隻腳，慢慢放進熱水裡。原本僵硬緊繃的腳慢慢鬆弛下來。等逐漸適應水溫後，再開始清洗腳趾間的縫隙和腳底。洗完後，把爸爸的腳放進事先裝好熱水的另一個水桶。相較於泡進熱水前，皮膚膨脹起來。用手捧起熱水，從小腿淋下去。窗戶射進柔和的陽光，照亮半個身軀的光線微暖。此刻，我們像這樣一起待在這個地方，就像雙手捧著晶瑩的水，為了避免它從指縫間流失而小心翼翼挪移的時間啊。我在心中這麼想。

「謝謝。」爸爸的聲音振動。看向爸爸，我點頭。澄香一邊倒進調溫度用的熱水，一邊問爸爸：「我們做了羊羹。待會你要不要試試看味道？」爸爸用聲音的邊緣向外消散出去似的嗓音說：「羊羹嗎？羊羹好。光那顏色就好。」爸爸喜歡甜食。也愛吃辣和帶苦味的食物。他沒有討厭的食物。

把爸爸的腳從熱水中抬起來，用毛巾擦乾，幫他穿上乾淨的襪子。接著收拾足浴的各項器具，去看羊羹凝固了沒。雖然還沒完全凝固，但要給爸爸吃，這個程度應該更好吞，於是我們就去泡茶，走到爸爸房間，房裡傳來含糊的聲音。我和澄香在爸爸的房門前停下腳步，聽著他說話。

「……妳，不要待在角落，過來這裡。」

端著上頭擺羊羹和茶的圓托盤的手頓時繃緊。爸爸正在和什麼東西說話。那道聲音很紮實，每一顆音都帶著珠子般的力度。

「我好像對妳感到很熟悉，但我想不起妳的名字。妳應該，和我一起生活過對吧？讓我看妳的手。對，手。」

我體內深處開始發顫。

「啊啊，這雙手我很熟悉。這雙白皙的手，是對我很重要的一雙手。」

不知為何，我下意識緊緊閉上雙眼。

澄香和我先回到廚房，過了一陣子，重新泡好茶，再前往爸爸的房間。對話好像已經結束了。我們走進房間，爸爸的神情和剛泡完足浴時沒有兩樣，半身沐浴在柔和的陽光中，坐在床上。說完「請」，把羊羹和茶擺到邊桌上。爸爸拿起湯匙，只挖了一點點羊羹送進口中。

「不是很棒嘛。」

「今年最後的一個很棒呢。」澄香也挖下一口羊羹。

「過年後月居先生和青山先生過來時，分一點給他們吧。他們兩個也喜歡吃甜的，應該會很高興。」

庭院裡的棕櫚搖晃著。

「我有點累，要躺一下喔。」

爸爸沒有吃第二口，單薄的身子躺回床上。

我輕輕握住爸爸的手。爸爸也輕輕回握。這一刻感受到的體溫，令我湧起一股宛如裂痕般揮之不去的悲傷。然後，我想。這份悲傷，毫無保留全部都是，只屬於爸爸的，只屬於澄香的，只屬於我的東西。我完全沒有希望其他人理解，或者希望和其他人分享之類的念頭。無論身體，或心情，都是我的，是只屬於我們的，珍貴的東西。厭惡和煩躁，這些心情也包含在所有的一切裡了，什麼真正的心情，什麼真實的感受，根本不存在。不存在，但又是，存在的。有什麼東西，存在。不需要知道那是什麼。只要顫動著，體內呼嚕呼嚕著，那就夠了。

「啊。」爸爸看向窗戶的方向。

「怎麼了？」

「妳們看，下雪了。」

「啊啊，真的耶。」

「我聽見下雪的聲音。春野，澄香，妳們聽見了吧？」

「嗯，聽見了。」

外頭天空仍舊是一層薄薄的烏雲，並沒有在下雪。但我彷彿可以聽見下雪的聲音。下雪的聲音慢慢浸潤了全身。

「差不多了，我想睡了。」

「這樣啊。」

「嗯，晚安。」

「晚安。」

淡褐色的湖泊，被關上了。

棕櫚搖晃著。

等下一個春季到來，就像那天一樣再燃燒棕櫚吧。永遠，永遠燃燒下去。

我有種感覺，終有一天我們會在那個春季的夜晚重逢。幾百、幾千年之後，一定會再見面。我一邊聆聽下雪的聲音，在心裡如此祈禱。

這是在二〇一九年除夕許下的願望。

駱駝的手掌

最近，不管是對面的柏小姐還是組長，態度好像都有點怪怪的。以前我們除了講工作上的事以外明明平常都不太閒聊，但最近不但會刻意用響亮聲音叫我，看似不經意走近，然後又突然驚叫出聲，一副嚇壞的模樣往後退，好似祕密使者一樣問我，妳最近有好好睡覺嗎？每次他們這樣鬧，正好都是我偶爾做了奇特的夢的隔天早上，所以我就老實回答，我夢見一隻長頸鹿倒栽蔥埋在地上，結果他們紛紛投來憐憫的目光，我也只能硬著頭皮承受。

我並沒有什麼地方特別不一樣了。也沒有犯蠢。要說到有哪裡不一樣，就是並木先生出去流浪了。原本坐在我隔壁座位的並木先生，不在了。不一樣的地方，就只有這一點。

我腦中想著這些事，邊站在茶水間一角，吃著大小剛好能握在掌心裡的春捲。每當好像有什麼東西要咻咻鑽進自己裡面，閒得發慌似的空隙出現時，到頭來我都是像這樣想著並木先生的事。然後，每次，我都像念咒語一樣複誦，並木先生去流浪了，所以沒辦法輕易見到面。

為了找方法蓋住那道空隙，我開始思考晚點要去家訪的栗原先生。

有人打電話來局裡說栗原先生拔草當場煮來吃，是在春季野蠻強風呼嘯的那陣子。而且，那正是並木先生講話的方式開始像朝深不見底的池塘「撲通」一聲扔進小石頭的那陣子。

*

據說，栗原先生拔起河岸空地的草，當場煮來吃。

「那個人和我一樣是羊年出生的，快要八十歲了，對，就是因為羊年所以才叫羊居。」

羊居的房東打電話到局裡來，她用悠閒的口吻開始敘述。

三個月前，栗原先生沒能拿到新一年度的雇用合約，辭去約聘工作，搬出了之前住的宿舍，他因為沒有親人，找房子四處碰壁，後來是羊氏（為求方便先如此稱呼）租房子給他。之前羊氏早上推著手推車去散步時，看到他在河岸邊的空地煮草。後來又看過幾次。

「妳是什麼年生的？」她話鋒忽地一轉。兔年，我不小心說出平常不向社區民眾透露的一項個人資訊。

「這樣啊，那妳年紀比我孫子大。那個，然後啊，我就跟栗原先生說，你拔草也就罷了，但在河邊空地用火很危險，以後不要這樣。可他還是依然故我。他好像通常都是九點半左右會在，妳們可以過來看一下情況嗎？如果有更多人了解他的事情，我會比較放心。麻煩了。」羊氏掛斷電話。

要知道多少事情，才能說自己了解一個人呢？要了解到什麼程度，才算是有資格說我了解那個人呢？我不禁稍微思考了一下這些問題，同時，立刻轉向隔壁座位找前輩並木先生討論栗原先生的事。

「一個拔草來吃的人嗎？這種人我也是第一次遇到耶。不過我以前遇過一個人會撿拾庭院中掉落的枯草，還用那些葉片幫我泡茶。他家蚊子多得要命，他會徒手拿著正在冒煙的蚊香，另一手則拿著男用傘當做拐杖在庭院裡走來走去，那個人就像個小鬼一樣，是個很可愛的人。」並木先生不慌不忙地懷念起過去。

「那杯枯草泡的茶，你喝了嗎？」

「喝啦。」他輕聲說。

「難喝嗎？」

「那種事誰記得啦。」

因為第一個問題得到回應，自己就不小心問出蠢問題了，我正在暗自反省時，並木先生說，我們去見見栗原先生吧。

隔天，我們按照栗原平常出沒的時間，背起背包，騎著踏板附近有點生鏽的腳踏車從局裡出發。在這個部門，大家外出時都是背背包，是為了空出雙手，萬一發生什麼事才好應付，還有，為了隨時都可以全速奔跑。背包裡除了要帶給對方的文件以外，還有手套、口罩、體溫計、組裝式面罩、鞋套、消毒用酒精棉片、捲尺、剪刀、封箱膠帶、手電筒、防蚊液等物品，所以，壓在肩頭上倒是沉甸甸的。

今天也好重啊，我在心裡嘀咕，邊調整背帶的位置，邊騎過會有兩節車廂的電車經過的平交道。一抵達河邊的空地，羊氏口中只要看到就會曉得的他，人在橋下那一帶。他頭戴褐色的帽子，臉上戴著口罩，身穿印有深藍色罐裝咖啡品牌插圖的風衣，坐在空地上。雙腿前方是一個上頭擺著鍋子的攜帶式卡式爐。沒有開火。坐在鍋前的他，後背的模樣看起來就像經長時間使用而捲起來的薄布料般，有種孤苦無依的感覺，看著看著令人莫名有股飢餓感，不由得想，煮草來吃又有什麼關係。但我向並木先生說，我去跟他聊聊，慢慢走近他旁邊。

「早安。請問你是栗原先生嗎？我們從羊居的房東那邊聽說你一個人住，先來打聲招呼，以後萬一有什麼事方便聯繫，我們是從車站旁的分局過來的。」

我蹲下，舉起掛在脖子上的名牌給他看，主動問候後，他那雙灰墨色邊緣的眼睛似乎在對焦，緩緩抬頭朝我的方向看來。我等著目光交會，但他的視線卻好似在我前面一點點的地方忽地斷掉了，又像是越過我看著後面，也說不出是其中哪一種，就是極為恍惚。他依然坐著，只把下巴稍微向前方挪了挪。然後，仍舊一句話也沒說，因此我猜想那個挪動下巴的動作大概就代表了「早安」，便繼續往下說。

「不好意思，栗原先生，你曾在這裡用火嗎？難道是你有困難沒辦法去店裡買東西吃，所以才在這裡，那個，這個，煮草嗎？」話說到一半，我突然不知道自己問話的方式究竟正不正確，開始慌了手腳。

「不，那個……」

栗原先生回話的方式有種微微在漏氣的感覺，但只說了幾個字就又沒下文了。他雖然不說話，但感覺上一直有什麼東西從他身上微微漏出來，我不禁想，他身上是不是哪裡有破洞？他的反應很淡，繼續這樣僵持，他似乎會慢慢乾癟下去，我判斷之後再透過羊氏跟栗原先生碰面談話比較好，轉過頭正要小聲說時，哈啾，並木先生打了一個噴嚏。

「不好意思，花粉。」

栗原先生說，哈，將那雙恍惚的雙眼轉向並木先生。並木先生走到我旁邊，嘴裡喊了聲「嘿咻」，一屁股坐在土上，雙手抱膝。我看著並木先生球藻似的頭髮正中央微偏左的那個髮旋，悄悄取出一張廢紙墊在屁股下面也坐了下來。

人的髮旋，只要專注看著，就會感覺那是個十分惹人憐愛的東西。一旦髮旋看起來惹人憐愛，也會連帶對它的主人產生親切感。因此當面對氣勢強如泰山壓頂，會動搖自己，步步逼近的那種人，或者似乎總是在流浪的那些人，心情因而開始有些複雜糾結時，我會尋找空隙偷看對方的髮旋。確定髮旋很惹人憐愛，再回來面對對方時，總能比先前更加誠懇地與之對談。我曾向並木先生坦承這件事。這種時刻，只要唱誦並木先生以前教過我的那個咒語，那些複雜糾結的心情就會慢慢化開，我在心裡誦念，茶泡飯，清爽無負擔。

「初次見面，我叫並木。今天真暖和，不是嗎？」並木先生主動向栗原先生發話，態度就和向認識的人搭話般輕鬆。裝了厚重鏡片的黑框眼鏡下，眼角有幾條皺紋輕易探出頭來，並木先生笑著。

「我們專門負責傾聽這一區居民的煩惱，栗原先生，你現在有什麼煩心事嗎？」並木先生用一種不會太過刻意，但又帶著些許深切關懷的聲音詢問。我的臀部也稍微繃緊。

「沒有。」栗原先生第一次表達了自己的想法。

「這樣呀，我知道了。那個，栗原先生，你是在哪邊出生的呢？」並木先生平穩地問。

「很近，就在那邊。」他抬起第一指關節稍微變形的手指，指向下游。

「我爸爸開肉店的。店已經沒了就是。」

「我聽說這附近蓋了很多公寓，店家和小工廠都變少了，樣貌和往昔大不相同。」

「嗯啊。」

「往上游走一小段路，有古墳喔。但忘記是前面還後面有點破損。大家都不太知道有古墳這件事，對吧？」

「哦。」

並木先生和栗原先生吐出的字句，一點一滴紡成了一串對話，聽著聽著，我感到後頸有一陣清爽的風吹拂過。並木先生很擅長把僵硬緊繃的氣氛一步步消融於無形，從不會給人刻意的感覺。就這樣，隨著時間過去，有並木先生在的地方，逐漸變成好似有點糊里糊塗，稍嫌冗長又漫無邊際的空間。

四周的草木搖晃著，飛蟲群聚成橢圓形，天上飄著輕薄的雲。某一天彷彿一切都達至和諧的那一刻，我好像曾徒手摘下鮮黃的油菜花，白色的繁縷和紫色的紫雲英，好像曾把那些纖細的花莖一根根編織、打結，但真的曾發生過這種事嗎？我希望有。

「栗原先生，下次我們再繼續聊，可以請你告訴我電話號碼嗎？」

第一次家訪就在這裡收尾，並木先生做出這個判斷後說出的這句話，令原本開始打瞌睡的我稍微挺直背脊。栗原先生緩緩報出手機號碼。這可千萬不能搞錯，因此和並木先生一樣，我也同時在筆記本抄下號碼。

「這是我的名片。如果有什麼事，就打電話到這裡。」

並木先生遞出名片，栗原先生從外套口袋掏出一支黑色圓框的放大鏡，拿到右眼前，看著名片。

「字太小你看不清楚嗎？」並木先生問。

「眼睛有點狀況，看起來模模糊糊的。」

「你等一下。」

並木先生大大方方地拉開背包的拉鍊，整隻前臂都伸進裡面，漫不經心地翻找，有了，他說著取出一隻麥克筆。然後在名片背面大大寫下局裡的電話號碼，交給栗原先生。

「這個大小看得見嗎？」

栗原先生微微點頭。

「我的眼睛也不好。不如下次我們一起去配眼鏡吧。」並木先生的右眼看著栗原先生，左眼卻望著其他方向。

「戴眼鏡也沒用。」

「你是怎樣看不清楚？」

「有點狀的黑影一直在眼角動來動去，偶爾會發亮到有點痛，」

「那個，是從身體裡跑出來的東西嗎？」

從身體裡跑出來，這句話忽然讓我想起蝶蛹。小時候，我養的毛毛蟲在昆蟲籠的天花板化為後續只需要脫皮的蛹，卻變得烏漆抹黑。應該是被壞東西寄生了吧？到最後，我都沒有去碰那個變態成黑色的東西。我想起了不合時宜的回憶時，身旁的並木先生問，有去找醫生看嗎？栗原先生說，嗯，回答得模稜兩可。

「眼睛是門專業，之後再去給醫生看看吧，如果文件太繁雜，請告訴我們。我們可以代看。」

「可以拜託你們這種事嗎？」

「沒問題。我們今天要先告辭了，下次再過來找你。如果有什麼事，請隨時打電話來。今天謝謝你願意和我們聊。」並木先生一鞠躬。我也跟著鞠躬。我們一站起身，栗原先生就攤開原本揉成一團的尼龍材質包包，把鍋子和卡式爐緩緩收進去。向栗原先生說聲先走了，我們就又騎上腳踏車。騎在前面的並木先生側臉轉向我。

「小中，妳剛才想要找栗原先生的髮旋對吧？」

呵呵呵。我笑著騎在後面。

「你不覺得栗原先生一直有什麼東西在微微向外漏嗎？」

「有嗎？」我得到模糊的回答。

面對並木先生，我說話時不用有條有理，事先設想目的地，也不用盤算那條拋物線要畫出怎麼樣的線條，不用抓時機，可以想講什麼就講什麼。我隨心所欲拋出去的話語，並木先生有時會在正對面穩穩接住、給予誇張反應讓能量增幅，有時倒是淡淡地左耳進右耳出，或者過一陣子後才撿起來。

後來我們沒再交談，不斷上上下下擺動兩條大腿踩著腳踏車前行。向前騎的並木先生腰際附近，白色襯衫的下襬跑出來了。看著那質感粗糙的布料，我心想，本來就是這樣啊。雖然栗原先生連個微笑的跡象都沒有，但對於素昧平生的人，當然不可能把那些由於某種原因，甚或連那個原因的存在都不曉得，有如堅硬果核卡在自己裡面的事情說出口，本來就是這樣啊。

騎回局裡的腳踏車停車場，「喀」地一聲放下腳柱，我才向並木說：

「你沒能跟栗原先生說，請他不要在河岸空地用火耶。」

「嗯……是沒能提這件事，不過我感覺栗原先生接收到我們的意思了，而且下次再去就行了。」

這樣呀，我回，接受了他的說法。並木先生跟街上那些令人擔心的人們似乎有某種心有靈犀，所以如果他感覺到對方接收到我們的意思，那應該就沒錯了吧。而且並木先生的直覺很準。如果打電話給自己負責的對象卻找不到人，不知道為什麼他就是會知道對方是剛好外出所以沒接電話呢？還是發生了什麼狀況所以才沒辦法接電話呢？過去就因為這樣發現了好幾個人已經倒下動彈不得，或者是身體已冰涼了。

那，下次再去找栗原先生吧，我正要對著並木先生的背影這麼說時，那個人與其說一直在漏東西出來，不如說他總會看向事物可怕的那一面吧，並木先生宛如朝深不見底的池塘「撲通」一聲丟了顆小石子般地這麼說，走進廁所。

自從新綠萌芽的季節，並木先生偶爾會像這樣把話語丟進池塘裡。而我，就靜靜窺視著那座變得混濁的池塘，也沒有伸手撈起大概正直直往下沉的小石頭，只是默默聽著，透露出小石頭在逐漸下沉的那些話語。

＊

擦身而過時會聞到菸味、收假隔天通常還會有酒臭味的並木先生是個高個子，他從不曾申請調職，是在這個部門待了很久的前輩，有輕微的斜視。所以總是戴著鏡片厚重的眼鏡。明明用兩隻眼睛盯著同一個東西，但那兩隻眼睛卻朝著不同的方向，看著那樣的眼睛，會產生一種自己原本眼中所見世界的平衡逐漸向左右挪移、錯開般的不可思議感覺。那個不可思議的特點，似乎涉及到某種類似並木先生核心的東西，因此我也感受到那是唯一重要的不可思議之處。那雙眼睛在喝醉後就會布滿血絲。醉醺醺的並木先生會講起學生時代去美國流浪因此留級兩年的事，還有他如何熱烈支持自己老家那支身著紅色球衣的足球隊的事。聽說過去他還曾在特定季節舉辦的部門同樂會上差點要脫光衣服，也曾大談昔日戀人講到自己淚眼汪汪的。到最後，他會開始口齒不清，糾纏其他人，整個人變得軟趴趴的，以一種要是撞到東西就會順勢變形的狀態，回去一個人住的公寓。

三年前，我從在中央主管機關負責追討逾期未繳保險費的部門調過來。在這個部門，有關地區年長居民的五花八門問題會如雪片般不斷湧來。我們會陪伴對方一起思考該怎麼面對這些問題才好，協助他們進行必要的手續，把各種相關制度和資源介紹給對方。換句話說，像是幫忙找人代為採購物品，為安置寵物清理堆滿雜物的地板，替不得不離開家搬進另一個地方的人養的貓咪找新住處，為了幫那些雖然一個人過活卻希望在自己家裡迎接死亡的人實現他們這個唯一的願望，進行各項準備工作，像是找來對方穿起來舒適的睡衣，把之後入殮時要換上的衣物預先放在房間一角等。在處理這些事宜的同時，持續跑家訪，傾聽對方的新煩惱，工作內容就是在不斷重複這個循環，「換句話說，我們就是他們的陪跑者，對吧？」調過來一陣子後，我這麼問並木先生。我認為自己說了句佳句。

「小中，完全不是這樣喔。」並木先生嘿嘿笑著回答。

「那是要一起跑嗎？」我有點固執地問。

「妳要一起跑也是可以啦，不過，我們就像是茶泡飯一樣的存在。」

「茶泡飯？」

「沒錯，茶泡飯，不是偶爾就會想吃一下嗎？」

會嗎？我好一陣子沒吃了。我腦中轉著這些念頭時，並木先生繼續說：

「可是，茶泡飯這種東西，沒有白飯就吃不了，還必須泡茶，準備茶泡飯香鬆，很麻煩不是嗎？等材料都備齊後吃進嘴裡，雖然好入口又易吞嚥，但味道清淡，也沒什麼飽足感，不過吃完後，身心會放鬆一點，也有了一項事實證明自己姑且吃了點東西。」

「什麼？」我聽不太懂。

「茶泡飯，清爽無負擔。不用太有壓力，但也別失去熱情，只要保持這種狀態做這份工作就行了喔。」

我雖然聽不太明白，但自那時起，沒辦法偷看髮旋，又一直感受不到任何親近感，情況僵持不下時，我偶爾會在心中默念，茶泡飯，清爽無負擔。只要這樣做，就會出現一條細流，不管有沒有髮旋，原先那些僵固的都會被平穩地沖刷掉，我會感覺到一種附近稍微伸出手能觸及的範圍都變得平坦的心境。然後，我只要和並木先生在一起，有時，會有種蓋子打開了的感覺。雖然不曉得那是什麼蓋子，也不曉得它在哪裡，但我會有一種體內某處原本緊閉的蓋子稍微打開了一點點，裡頭接觸到新鮮空氣的感受。

在這樣的並木先生的隔壁座位上，我從各式各樣的人口中，聆聽各式各樣的事。

有當事者本人打來的電話，也有擔心當事者的旁人打來的。住在對面的人、自稱是同事的人、配送食物的人、自稱總在同一時間一起在吸菸室吞雲吐霧的人、自稱常一起在公園做自彊術健康體操的人、住在同一戶卻說只看過他蹲在幾十年老房子庭院裡模樣的親戚、偶爾會擦身而過的人。他們，說著。像是右膝痛到沒辦法跨進浴缸裡，白鼻心跑進院子裡不知道該怎麼辦，有人每到大半夜就會抱著長毛小型犬站在門前，有人會扒下附近自行車和機車的防塵罩帶回家仔細摺好囤積，或者是妳們那一帶有個人很愛刺繡，會趁我不在家時跑進來在我的襯衫上刺繡完再離開，之類的。

有時候光在電話中聽他們說就夠了，有時候也會去見當事人。除了棉被以外的物品幾乎都共用，門上沒有那個人的姓名，只寫著已模糊不清的數字的公寓；因某種信念或信仰和沒血緣的人們一起生活，其他沒什麼特別的獨棟房屋；除了在床上睡覺時都穿著外出鞋生活的家；東西堆到極限好像只要輕輕碰一下就會崩塌，物品多到要滿出來的房間；這種房間很多，每次我嘗試一項項紀錄那些物品，譬如按堆疊順序從上到下分別是雪花球、賀年卡、奶壺、裝著素麵的紙箱、相簿、字典、又是裝素麵的紙箱，大概都在數到第七項時就快失去意識了只好罷手。儘管是理所當然的事，但沒有兩個一樣的人，也沒有兩間一樣的屋子。

三年前的四月調來這裡時，來自他國宛如侵略者般的新型傳染病開始蔓延那陣子，政府發布了極為特殊的緊急命令，人人都對遺體避之唯恐不及，街上的人們都悄無聲息地度日，連個影子都見不著，住宅大門前和店門口貼著人魚圖案的護身符，生活變得極為靜悄悄，在這靜止的世界中只有少數機構突兀地忙到人仰馬翻了。並木先生和我曾在衣服外再穿上一層防護衣，去找首度拜訪的人，前往首度踏進的屋子，在玄關處貼上有色膠帶完成區域畫分，對著屋裡不能動的那個人拚命喊。就連我們，過去也從不曾穿成那樣。無論是穿上、脫下或丟棄時都必須按照順序，我怕要是哪裡稍微搞錯了，侵略者就會立刻侵入我體內，啃蝕我的身體。就算穿著防護衣，要接觸陌生人依然令人恐懼。一穿上那個，世界和自己之間就隔了一層膜，雖然那應該是維護安全的膜，但就連要看向身旁的人，向他搭話，要觸碰他，都變得很麻煩。而且身在那層膜裡面時，聽見的全是自己的聲音。說句話就會不斷產生回音，令人感覺快被自己的聲音迷惑了。我想這或許是一種考驗。雖然不知道是要考驗什麼。我們就這樣一邊被迷惑，一邊持續試圖接觸外界。

過了幾個月，一度潛藏的煩惱數量又恢復原樣，至於我們，除了特別嚴重的情況，也可以不用再穿防護衣了。

*

好比說，真想變成一根竹輪，一切就只是從入口流進來，再從出口流出去，不會對自己造成任何影響，那該多棒啊。通常下午三點左右我會萌生出這種念頭，其實早上十點半差不多就會出現一點跡象了，但那種渴望到了下午更強烈。並木先生，你也這麼想吧？嗯……我說呀，竹輪就是指中空的管狀物對吧？這樣的話，我比較想變成tunnel耶，tunnel？小中，就是隧道啦，啊啊，隧道呀，我喜歡的隧道在秩父……聊到一半時電話響了，我反射性拿起話筒。電話另一側的人一言不發。話筒只傳來人在外頭時的環境聲。我再次報上我們局的名稱。

「請問是並木先生在的單位嗎？」

輕微漏氣般的說話方式讓我知道，打來的是栗原先生。

「是栗原先生對吧？你好。我是上次和並木一起拜訪的同事。」

寂靜無聲。

「栗原先生，請你稍等。」我慎重地說，再告訴隔壁的並木先生，是栗原先生打來的。原本很放鬆的並木先生，稍微調整了下姿勢，接過電話。是，對，並木先生邊像這樣出聲附和，邊聆聽對方講話，最後說了句，我馬上過去。

「小中，我現在要再去找栗原先生，妳可以一起來嗎？」

「是。」

「他說不喜歡別人來自己家，會在河岸空地等。」

「發生什麼事了嗎？」

「他好像被斷電了，還有瓦斯也是。」

「什麼時候斷的？」

「他說電是前天，瓦斯是一個月前。」

我沒再出聲。回想栗原先生端坐在鍋子前面的身影，內心震盪不已，有些心浮氣躁，我問並木先生，他果然是迫於現實才會去煮草的吧？

「不，好像跟那個沒關係。」

喔。我只吐出這個字，就沒再做聲，並木先生已經背好背包，見狀我也急忙準備。我們走向腳踏車停車場的路上，並木先生說，幸好他是會發出求救訊號的人。沒錯，我也點頭回應。

街區裡也有一些人，是沒辦法發出求救訊號的。像是自己很煩惱，或有什麼異狀，或是這樣下去可能會餓死，或是眼睛周圍那些紫色瘀青說不定是受虐的證據，或是嚴重虐待某個人，有些人，連像這樣注意到情況不對勁的力氣都在慢慢減弱。以前我也曾有段時間處在力氣減弱的狀態。說不定，明天就又變弱了也是有可能。因此我現在認為光是能說出，我現在，很苦惱，我很不安，我很痛苦，向某個人發出求救訊號，光能做到這一點就很了不起了。

一到河岸空地，就看見栗原先生坐在和上次同一個位置。你好，我們主動打招呼，他小心翼翼地把下巴往前挪。我們也在旁邊坐下來。電和瓦斯都被斷了，過來的路上我擔心他可能多少會有點喪氣，沒想到他看起來和上次碰面時沒什麼兩樣。打扮也沒有突兀之處，應該是有某種方式維持住自身整潔吧。

「這個。」

栗原先生遞來一疊紙。我和並木先生一張張翻看。那是三個月份的電費、瓦斯費和水費的繳費通知單跟滯納金的繳費通知單跟告知因為沒有繳費即將斷電斷瓦斯的通知單。三個月前，也就是栗原先生剛搬來那陣子，換句話說，栗原先生搬家過來以後一次都沒有繳過費。這是怎麼一回事？

我不禁有點起疑。

「那，我兩邊都打電話過去看看喔。」

並木先生並沒有問栗原先生為什麼沒繳費，只說了這句話，就開始用局裡配的手機技巧高明地聯絡各單位。並木先生打電話給各單位討論時，栗原先生的神情很恍惚，也不曉得他是有在聽還是沒在聽，或者在想些什麼。好像一陣微風吹來就能輕易把他吹翻，讓他邊漏氣邊隨風飄遠，因此我在心裡問，譬如說呀，栗原先生，你有喜歡的顏色嗎？

聯絡，或者說談判結束後，並木先生說，對方願意在我們這邊馬上就會繳費的前提下立刻恢復電力和瓦斯供給，為了避免日後繳費延遲，我也請對方寄申請自動轉帳的文件給栗原先生。栗原先生點點頭。

「等那些文件寄到以後，你就跟我們說。你應該不方便閱讀，我們到時候過來這裡跟你一起填寫。

「我以前都住宿舍，不知道，該怎麼繳費。」栗原先生說。

我多少有幾分訝異，但並木先生語調肯定地附和，嗯，說的也是呢。

「我呀，其實以前也被斷電過一次。」並木先生咯咯地笑了。我傻眼地問，為什麼你也被斷過電？他回，就不小心，抬起頭看向斜前方的河對側。在對岸，許多身材健壯的人正身手靈活地追著一顆杏仁形狀的球，彼此拋接，奔跑，正在為比賽練習。而他們四周的那些人則正把雙手圍成大聲公的形狀大喊。是光合作用耶，我心想。

我想起有次放假曾請並木先生帶我去看足球比賽。我知道周圍的群眾正熱血沸騰、情緒激昂，但我不明白他們為什麼能充滿熱情地去為他人加油。我不曾加入運動性社團，像是競技的意義，或者是為比賽加油的意義，這類東西我都不太懂。比賽結束後，我把自己的困惑告訴並木先生後，小中，重點不在於意義喔。說起來，有點類似光合作用吧，他舉例。像是植物，自然就會朝向太陽的方向對吧。就是那麼一回事喔。並木先生繼續說。

我看著對岸的太陽跟光合作用，也就是在場上打球的人跟周遭的群眾，心裡想著過去被斷電的並木先生，當時肯定是遇上了什麼困境，說不定也沒有任何困境，只是被各種事物束縛住了，忍不住想偷懶一下也有可能。我好像偶爾會待在和隨處可見強悍耀眼事物的地方稍微有一段距離的場所，大概，並木先生偶爾也會待在那裡，栗原先生多半也在那附近，就在我這樣擅自揣測時，哈啾，並木先生打了個噴嚏。不好意思，花粉，並木先生說。並木先生的鼻腔幾乎一年到頭都會對某種花粉起反應。

「栗原先生，水對人類來說最重要，所以只有自來水是不會那麼容易停的。你不用擔心喔。」

眼角浮出皺紋，並木先生開朗地說。倒是有點說服力，我才這樣想，就看見栗原先生從口罩上方露出來的臉頰，好似有細細的紅線聚攏在一起，他第一次笑了。看著那些細紅線聚集的模樣，我忍不住也笑了。彷彿肋骨內側變得輕盈了些，彷彿看見了令人懷念的可愛事物那般，心裡柔柔的。

「栗原先生，你會去澡堂嗎？」

「不會。」明明剛才笑了，現在卻又冷淡回應。

「在鐵軌旁邊有一家澡堂，溫泉水是黑色的，泡起來很舒服喔。我偶爾下班後會去泡一下再回家。」我知道是因為這個緣故，並木先生的辦公桌最下面那一格抽屜裡才會放洗髮精和沐浴乳。去泡溫泉的隔天早上，他會把沐浴用具再收回那格抽屜。

並木先生從背包口袋掏出一本手掌大小的小冊子說，這個是居民只要申請就能拿到的澡堂優惠券，請收下。他遞向栗原先生。栗原先生接下了那本小冊子，從尼龍材質包包掏出黑色邊框的放大鏡，拿到右眼前面。

「只要撕下一張交給櫃台就可以了。」並木先生補充說明。

「或許找一天去看看吧。」栗原先生輕飄飄地說。

然後，栗原先生像回禮般稍微說了些自己的事。他以前有哥哥和妹妹；在某個時期每到半夜那條路上就會有剛完成的坦克在月光照耀下朝上游的方向前進；履帶的聲音會震得胸口轟隆做響，在夕陽餘暉中，妹妹發現一隻失去生命的水鳥，想埋葬牠，正要把牠的身軀拿起來時，卻發現牠重到彷彿裡面塞滿了奇怪的東西一樣；羽毛是什麼顏色都忘記了，但那份沉甸甸的重量感卻仍記得一清二楚；那隻水鳥裡面到底是塞了什麼東西呢？他斷斷續續說著。一邊聽著他說，我一邊想，幸好他發出求救訊號了，旁邊的並木先生肯定也有同樣的感覺吧，我看向他鏡片下的雙眼。

回到局裡，我向羊氏回報栗原先生的消息，又多了幾個人了解那個人了，真好，她下了這句結論。剛放下話筒，對面負責行政的柏小姐叫我。

「小中，並木先生去哪了？建築承包商打電話來。」

柏小姐圓潤的脖子和肩膀現在是寬闊鬆弛的，由於從脖子往下延伸出的山麓緩坡會顯現出柏小姐當下的狀態，因此我判斷事情並不太急迫。

「抱歉，我不知道。」我這麼回答後，柏小姐用她的大嗓門說，啊啊，是這樣呀，小中，因為妳平常老是跟並木先生在一塊，我就問妳了。我會請他回撥，她乾脆地向對方說，掛上電話。我沒有老是跟並木先生在一塊啊，我心想。

「小中，這個，傳閱資料。」接著，柏小姐從前面遞來一疊紙。謝謝，我接下。

自從調來這裡，因為並木先生都「小中、小中」地叫我，對面年紀大我一輪的柏小姐也跟著叫我小中。在那之前大家通常是叫我的姓氏「中林」小姐，因此我一開始有點不好意思，為了掩蓋這種心情，我會誇張地垂下眉毛，但內心卻有一股羞澀在膨脹。換句話說，我很開心。

「我出去一下，我去找並木先生跟他說一聲。」我對柏小姐這麼說後，並木先生大概是又跑去哪裡休息了吧，她邊側過頭伸展那片山麓緩坡，邊微微擺手說，麻煩妳了。

由於待會還約好要去家訪，我背上背包，朝腳踏車停車場走去。我一邊調整背帶找到一個不會痛的位置，一邊走出去，一到外頭，就看見並木先生靠在黯淡奶油色的牆壁上，口罩拉到下巴，正在喝無糖的罐裝咖啡。如果沒有外出計畫，並木先生人又不在位置上時，他多半就是在這裡。他靠牆望著某處。聽說以前這裡是吸菸區，並木先生當時常來這裡抽菸喘口氣。

「並木先生，有你的電話。」

「抱歉，抱歉。」

並木先生這麼說，嘿嘿笑著。並沒有要回座位的意思。

「小中，妳要喝咖啡嗎？」

在我回答之前，並木先生就小跑步跑向自動販賣機。穿外出鞋時他會好好把整隻腳套進鞋子裡，但穿室內鞋時他老是腳跟直接就踩在鞋子上不穿好，因此並木先生在跑步時，每一步的力量都好似要向外散出去。

「來。」

一罐微糖的罐裝咖啡遞過來。我每次開拉環，就算手指有勾好第一次通常也拉不開，第二次才拉開的那個洞口邊緣，只要一接觸到，皮膚就有種要輕微裂開的感覺，因此我總覺得這東西有點像凶器。

「你不覺得剛打開的罐裝咖啡洞口有點像凶器嗎？」

凶氣？不是空氣的氣，是鈍器的器，咦？鈍器？不對啦，不是鈍器，是凶器。我倒覺得鈍器還比較好耶。說到鈍器，小中，妳談戀愛了嗎？

他忽然從鈍器跳到戀愛話題，我隱約能懂其中的關聯。我邊這樣想邊回，完全沒有。

「這樣呀。我為妳加油喔。」

「並木先生你也是啊，才三十六歲，我三十五歲，我們兩個大概，都還有機會。」

「咦？嗯……說的也是呢。」

並木先生黑框眼鏡上的厚重鏡片髒了，看起來霧霧的。

「並木先生，你眼鏡借我一下。」

他聽話地遞來眼鏡。拿下眼鏡後的他，比戴著眼鏡時稍顯侷促不安。高大的身軀看起來也有點萎縮。我從背包拿出面紙擦拭鏡片。並木先生的一隻眼睛注視著我的手，另一隻眼睛則看向腳踏車的方向。

「擦乾淨了。」

謝謝，並木先生一邊說一邊重新戴好眼鏡，笑了。我在他口腔內記憶中該有的位置，看見上下排臼齒的銀牙。其他人的銀牙裝在哪裡我都不記得耶，我想。

「我說呀，我是並木（NAMIKI），小中，妳是中林（NAKABAYASHI）小姐，開頭都一樣是『ＮＡ』，有種，怎麼說，我們好像開了分店的拉麵店一樣耶。」

「誰是總店呢？」

「那自然是小中妳囉。」

明明只有開頭一樣是ＮＡ，他這次的譬喻沒像平常一樣令人信服，不過這好像也無所謂，這些念頭一一閃過腦海，我喝下罐裝咖啡。

上個男朋友，在調職前分手了。對我而言，他和以往的對象都不同，是我第一次認真交往的對象。那個人也是一直喚我中林小姐。他喚中林小姐的聲音很好聽。每次喚我名字，那個人就只是靜靜地從正面凝視著我，當我回望，一個只屬於我和他的連結就在那裡出現了，我相信那就像一個繫上的繩結，心彷彿被一團甜甜的東西包裹住，真希望他再多喚幾聲中林小姐，我沉醉地想。中林小姐的肩膀好單薄，好像會碎掉一樣，最初那陣子他常這樣說。然後，我偎著他兩人一起倒下，我突破了和他的那個繩結。夏夜，他帶著我馳騁到無比醉人之處後，我忽然很想說謝謝，赤裸著身體忽然很想哭，我打從心底認為再沒有比這更幸福的事了。我很想讓那繩結成為一個確定的東西，就說出口了，我想結婚，他回，好啊。我心想，這下繩結就成了很緊實，不會鬆開的東西了。我還想，小孩也多生幾個吧。然後，他放蕩地跪著用膝蓋移動靠近我，撩起我左側的頭髮，勾到耳朵後。我的卑劣彷彿被掀到表面似地，啊，我恍惚出聲，他將薄脣貼到那裡，那個呀，借我錢，他低聲說。我給了他一萬日圓。他沒有還。然後，又給了三萬日圓。他同樣沒有還。好像有點怪怪的，我心生疑慮，但依然繼續將紙鈔交給他。沒多久，借錢次數變得很頻繁。一天午後，我赤裸的身體只套了件T恤，正在捏飯糰。我的手腕直到方才還被毛巾綁住，使不太上力，動作有點遲鈍，但他希望全部都包不同的餡料，我便忙碌著。從大腿內側淌下好似汗水的液體，但我根本沒空擦拭。梅干好像比平常酸，我舔了舔手指上沾到的味道後這麼說，躺在被窩裡的他說了，欸，借我二十三萬日圓。那個瞬間，我感受到體內湧出一股騷動，好似一隻小野獸在身體裡高速橫衝直撞。我就像要徹底解放那隻野獸似地大吼，你少瞧不起人，把手邊一整卷食品用保鮮膜連同細長的四方型紙盒，像是對準了我曾經相信存在的那個繩結一樣，朝他狠狠扔過去。盒角正好砸到他的額頭，他就離開了。他離開之際，我好像才第一次看到那個人的髮旋。然後我端正坐好，潸然淚下。

當時的我就是個笨蛋吧。如果再早一點醒悟就好了。如果能再早一點說出不要就好了。可是，我今後似乎也只能是個笨蛋，我邊這麼想，邊把一直拿在手裡的咖啡喝完，向並木先生說，那我先走了，我不停踩下腳踏車的踏板，又騎上街去。

*

啪。

一滴水珠從茶水間的水龍頭滴落，敲擊到不鏽鋼的簡約水槽表面。那個聲音聽起來有點扁平。形狀變得像麻糬的水滴，有種硬要擋下時間沿縱向流逝的歪曲感。我忽地不安，低頭看向手中吃到一半的春捲，還剩一半。

啪。

我伸手旋緊水龍頭。

*

寂寥雨絲紛飛的日子，話似乎就說得比平常少。環顧四周，下個不停的雨已積出了一漥水池，那乾脆乘艘小船去遠方吧，當我內心像這樣已慢慢飄離現實時，柏小姐說，小中，幫我裝訂這份資料，從前面遞了一份文件過來。她的山麓緩坡是安穩的。我對齊文件的四個角，再拿起打孔機一夾。霧面翡翠綠的這個打孔機上，有我和並木先生用麥克筆寫得歪七扭八的字，旁邊則是我以前補上的並木先生人像速寫。球藻般的頭髮下戴著眼鏡，眼睛是兩道圓弧，笑容可掬的並木先生。或許看到那張臉蓋子就又打開了，我心情似乎稍微愉快了起來，沒有一絲猶豫地使勁按下打孔機，打出洞來。

「栗原先生，那我之後再跟你聯絡。」隔壁的並木先生掛上電話。眼鏡下的眼角浮現出皺紋。上次我們在河岸空地和栗原先生一起填寫他的維生管線相關文件時，並木先生語帶慎重地說，火，很危險，栗原先生聽了就回，我不會在這裡用火的。

後來並木先生有時會打電話給栗原先生。都是簡短聊幾句，像是沒什麼特別的事，就問一下你最近好不好；天氣變熱以後，去河岸空地時請多小心；萬一發生災害，避難處是附近的小學之類的。如果當下電話沒有接通，事後栗原先生一定會回撥電話給並木先生。

「栗原先生為什麼那麼喜歡那邊的草呢？」我將打孔機放回並木先生桌上，邊把繩子穿過開了孔的文件綁起來，邊問並木先生。

「是為什麼咧？」

「並木先生，你不問嗎？」

「不問喔，這種事。」

我又因為得到回應問了蠢問題，當我兀自懊惱時，正在打電話給下一個人的並木先生拿著話筒，語調偏低沉地說，怎麼沒人接。他沒穿好的室內鞋看起來就快從腳底的足弓掉下去了。

「誰？」

「森女士，三丁目的。」

並木先生說他從昨天起就因為森女士沒去做健康檢查，每隔一段時間就打電話過去，已經打了好多次都沒人接。

森女士住在三丁目的造園業者彥馬江商會的倉庫二樓。她以前身體還撐得住時，都在兒童服飾的工廠工作，後來透過工廠同事的介紹搬到這一區。這位女性不太會寫漢字，最近連光是走過商店街都會令她筋疲力竭，但她房裡沒有浴室，所以她都會去鐵軌旁邊的澡堂，每次她泡進浴池裡，就算雙手抓著池緣身體還是會浮起來，因此泡澡時都需要麻煩其他泡在浴池裡的人幫她按住腰椎附近，和一位鰥夫結婚才一年丈夫就過世了。一開始就是在澡堂幫忙按住腰椎的人打電話來說，她都會浮起來，我真擔心，才將她和我們牽上線。我也見過她一次。我代替並木先生去告訴她負責街區宅配的各單位資訊。她是個連一個人走路時都會顧慮很多的人，曾被並木先生如此形容的她站在狹小的玄關對我說，那些園藝師進進出出工作，在樓下倉庫使用或收拾各種工具的聲響聽了就覺得很安心。因為可以感受到他人的氣息，自己就沒有那麼寂寞了，她這麼說的語調像是在對自己說，但我記得她臉上的神情十分柔和。

我們也有打電話去彥馬江商會，但他們也不在，依然無法得知森女士的情況，就這樣到了下午，並木先生說，小中，妳跟我來一下。我們把森女士這件事向年紀和並木先生相仿、去年才當爸爸的組長報告後，他立刻聯繫該轄區的警局。推測可能是原因不明的死亡時，規定必須要有兩名職員並與他們同行。如果沒有鑰匙，就要請鎖匠到現場協助。萬一門鎖著就可以立刻請鎖匠開門。如果我們是最早發現的人，做筆錄會花上非常多時間。這種事，偶爾會發生。

我和並木先生穿上顏色類似韭菜的兩件式雨衣，經過平交道，騎過羊居，前往位在三丁目的彥馬江商會。當預感很強烈時，是不說話的。我擔心萬一化為文字說出來，膨脹到幾乎快要撐破的預感說不定就會成真，所以，我和並木先生在前往目的地的路上都保持沉默。一到彥馬江商會，原本人在外面的商會代表已經回來了，他說組長已跟他聯絡。我們邊說不好意思，邊脫下滴著水的雨衣收進塑膠袋裡。下雨加上戴口罩，並木先生的眼鏡都起霧了，他邊把食指從鏡框邊緣伸進去擦拭鏡面內側邊打招呼，然後告訴對方森女士其實有親戚，只是局裡還沒獲知其聯絡方式，這時，帽子壓低到快遮住眼睛，腰際掛著警棍的人到了。我們一行人擁擠地跑上去。

「前天早上遇到她時看起來是跟平常沒兩樣。」商會代表，同時也是屋主的彥馬江氏焦急地打開森女士房間的門鎖。一開門他便朝屋內大喊，森女士。沒有回應。

配警棍的人用無線對講機簡短說明情況。然後，他向我們使眼色，才說「打擾了，我要進來了」，走進房內。我們跟在後面進去，從他深藍色制服的空隙看見了如蠟一般的細瘦腳尖。來晚了嗎？並木先生的聲音有氣無力的。並木先生的髮旋顯得蒼白又冰涼，我忽然想立刻幫他用四周的頭髮把那裡蓋起來。

她小巧的住家用心打理得十分舒適，連角落都一塵不染。桌上有一本寫著「家計簿」的筆記本和削得短短的鉛筆。櫥櫃上一個個把手都擦得發亮，簡樸的廚房中，水槽上擺著潔白的布巾和倒扣的碗。窗邊的櫃子上擺著牌位，以及，一顆枇杷。

一旦生命以這種方式走到終點，離世原因固然會有人調查，卻不可能百分之百釐清了。儘管可以查出不是其他人下手的，但自然離開的可能性也是存在的。到昨天為止還健健康康地活在世界上或者咬牙苦撐過日子的人獨自在家中離世，就是這麼一回事。

森女士將由彥馬江氏來送她一程。

雨停了，回局裡的路上一切都像是慢動作。

尾巴有不自然凹折的一隻黑貓從對面的圍牆上緩緩落地。牠像被吸住般一下到馬路上，眼珠子就轉向這邊。牠慢慢張開嘴，我還以為牠要叫，結果卻沒發出任何聲音只是睜大雙眼。一切事物的速度都慢到極點。行人們往來穿梭的雙腿有氣無力地歪曲著，輕型機車的轉速像是快要停了卻又沒停，紅綠燈一直閃個沒完。

我想起森女士房中的那顆枇杷。表面有短絨毛覆蓋、質量絕對不重的那顆枇杷，好似認可了一切。家計簿、變短的鉛筆和全新布巾上都有森女士的影子，全由一顆枇杷接納了。我想把這個感覺告訴並木先生，但又不知道該怎麼形容。所以我就從後面喊：

「並木先生，你找到了森女士，她一定很高興。」

「如果是這樣就好了。」

並木先生的回答不如預期熱情。

「小中，我也，一樣喔。」

又來了。又是那個往深不見底的池塘裡丟小石頭似的講話方式。並木先生這麼說完，就彎過轉角。

我隱約感覺到他的意思應該是，一直往下沉的我也一樣。我不知道他是否真的是這個意思，不過我大概，也一樣。心情好似有什麼不斷向外散逸，用完餐後微微透著涼意般的白色桌巾上遺留著不曉得剛才用在哪裡的粉紅胡椒顆粒，陰天開闊原野上的一顆柿子樹，光亮熄滅後的電車整齊排列在深夜的列車基地，乳白色霧氣中形影朦朧的老舊倉庫，消波塊後方銀色海面上在遠處漂浮的浮標，這些缺乏脈絡的畫面一個接一個浮現在視網膜上。我忽然很不安。每次發生這種情況時，我就會，稍微，被拉往那個方向。好像會被拉過去，不過，大概，那本來就隨處都是，只是平時看不清的，此刻顯露到表面上來了，所以我才會那樣感覺吧。

回到局裡，並木先生邀我一起用餐。今晚，去喝酒吧，他說。並木先生平常總是半開玩笑邀我。然後，我們就去白天在店門口賣春捲的餐館喝酒。是一間由看似父子的兩人經營的小餐館，臨時休店的日子，門上會貼出用克制的筆跡寫下的告示，內容不外乎是老闆腰痛，真不好意思，或是颱風天休息，請各位小心等。比起那種光潔明亮、彷彿閃耀著光輝似的餐廳，並木先生更愛這種融入街區風景，彷彿正滲出著什麼似的地方吧。我也是。和並木先生吃飯時，有時忽然想到就互幫對方倒啤酒，有時杯中就一直空著，有時自己倒，菜肴也是，說這道菜好吃也就只是嘴巴上說說，也不會幫對方分菜。店家自主端上的第一道開胃菜，淺漬小菜中要是有我不吃的茄子，我就會一語不發地全部夾到並木先生的盤子上。並木先生會把閃耀光澤的茄子全部吃光。我們兩個的相處模式就是這樣。

邊聊足球隊（光合作用）的話題，並木先生邊喝完兩杯啤酒後，斜視的雙眼布滿血絲。

「小中，妳喜歡落語嗎？」

不喜歡，我回答。並木先生是第一次提起落語的話題。

「我之前聽過一個故事。很久很久以前，有一位大塊頭男性，大家都叫他駱駝。駱駝常積欠房租未繳，酒品差又愛翹班，就這樣獨自過著隨心所欲的生活。」

真的有這種人耶，我簡短插話。

「有一天，駱駝食用河豚後中毒身亡。故事就從一個朋友經過駱駝身邊發現他過世的地方開始，所以駱駝雖然是主角，卻一開頭就死了。」這樣說完，球藻驀地掉到接近桌面的高度。你還好嗎？我出聲關切，啊啊，抱歉，抱歉，說著，球藻呼—地回到原先的位置。並木先生應該醉得很厲害吧。一開頭就死了的駱駝怎麼樣了呢？我詢問故事的發展。

「發現駱駝的那位朋友叫住碰巧路過的屑屋，啊，屑屋就是回收別人家庭垃圾以維持生計的人。然後，朋友對屑屋說，我們來送駱駝最後一程吧，先是喝了一大堆附近鄰居送來的酒，再把駱駝塞進也是別人送的醃菜桶裡面，好，搬去火葬場吧，說完就在夜色中扛著上路。不過半路上他們跌倒了，駱駝掉了出來，因為四周太黑看不清楚，他們錯把睡在路邊、爛醉如泥的和尚塞進桶裡扛走了，由於是把還活著的人扔進火裡，好燙，好燙。冰過的酒也可以，再來一杯。」

並木先生嘿嘿笑。

「到這裡就沒了嗎？」

「沒了。江戶時代真不得了對吧？」

「哪裡不得了？」

「妳想想，偶然路過的人發現了一個死人，然後又跟也是偶然路過的另一個人，一起把死人搬到火葬場去喔。」

「但這是故事啊。況且，這種事現在不是偶爾也還有嗎？」我想起街區的那些人說道。唔，並木先生先是模稜兩可地回應，又繼續說：「我想知道的是，真正的駱駝後來怎麼樣了呢？」

「真正的？」

「死掉的駱駝還掉在某個地方不是嗎？」

我回想故事中掉在夜路上的駱駝，然後回道，會有別人撿到他吧。唔——這次並木先生低聲沉吟，我便關切地問，你不舒服嗎？

「小中呀，妳沒問題的喔。」

「沒問題？什麼沒問題？」他究竟想說什麼，我完全聽不懂。

「和另一個人，一起生活啊。」

說出這種話的並木先生，令我忽然有種很想輕拍他鼓勵他的感覺，但我發現那份心情好像同時也是我想要肯定自己。

「一個人也好，兩個人也好，不管幾個人，大家，都會一天天過下去。就算兩個人，也是一個人啊，一個人也是一個人。」我自己都搞不清楚自己想講的是什麼。或許我也醉了。

「說的也是呢。畢竟不管兩個人還是一個人，闔上眼時我都會是一個人。」

「闔上眼時我都會是一個人？」又是譬喻嗎？

「大笑時會跟別人一起就是了。」並木先生說。

拜託，夠了喔，在耍帥啊，我差點要這樣說出口，又忽地想起栗原先生臉頰上聚攏的紅線。看見那一幕時的感受，我好像在偶然的一瞬間跟一個彷彿一眨眼就會消失不見的東西交會了。我想偶爾看見，想找出來，那細細的紅線，而紅色的東西，並不是只有血而已，並木先生也是這樣想的吧，所以，剛才，才會說駱駝的故事不是嗎？而且，那張面龐上聚攏的紅線，並木先生過去應該看得比我更多才對，那是你教給我的東西吧，我想這麼說，但我遲疑著不知自己說這些話是否合適時，並木先生說了句我去外面抽根菸，就站起身。他已經站不穩，整個人軟趴趴的，所以我出聲叮嚀，並木先生，你擦一下眼鏡，看不清楚很危險。

「謝謝，我抽菸時會擦。」

「抽菸時沒辦法擦吧。」我回並木先生後，啊，說的也是耶，他笑了。

後來過沒多久，我們就散會了，路上小心，明天見，並木先生和我道別，各自走向兩節車廂電車會停靠的車站第一月台和第二月台。這裡有避雨用的小屋頂，表面光滑的木製長椅，是一個對側月台上的人可以和這側月台上的人聊天的小月台。是抬頭望向夜空時如果有流星畫過，出聲說「你看，有流星」也很自然的月台。

並木先生，我叫著坐在對面月台長椅上的並木先生。並木先生瞇起眼睛隔著鐵軌看向我。

「你到站後，要記得下車喔。」

唔嗯，並木先生上下擺動球藻般的頭髮，點頭。

「下車以後，要乖乖回家喔。」

球藻蓬鬆地擺動。你已經軟趴趴的了，小心不要在哪裡摔倒喔，我正要這麼接下去說時，第二月台的電車先來了。我向並木先生揮手，走進車廂裡。電車開始緩緩加速，速度愈來愈快，但窗外的街景很近，因此我感覺家家戶戶的燈光、庭院、車庫、陽台，和這些東西形成的景色，彷彿都跟自己位在同一個時空。那些風景彷彿在一一訴說著不同的故事，令我悄然想起一些往事。

在十四歲以前，我都住在廂型的社會住宅。從最高樓層和下面一層中間的樓梯平台可以看到小指頭大小的東京鐵塔。抬頭望向各戶人家的陽台，我看見有人把鳥籠拿出來讓紅色嘴巴的小鳥晒日光浴，花盆中沐浴在炙烈陽光下依然綻放出晶瑩深紫色的朝顏，大概是剛去野餐過正在晾看似鐵鍋的東西，宛如清楚透出葉脈的小葉片般的連指手套和果然小小件的衣服晾在一起。一戶戶的陽台都如此鮮活，那份鮮活就像一份寶物，就好像那些東西真切地跟自己有所連結，說不定我感受到的是一種自己好像被守護著的安全感。

後來社會住宅即將拆除，我和爸媽三人搬到再西邊一點的地方。

新地方當然是個好地方。只要稍微遠離車站，天空就遼闊地好似不需要話語，微微夾帶泥土芬芳的風吹拂，做為行道樹的紫薇搖曳，冬季早晨的陽光好似引人落淚般耀眼。只是，在陌生的地方，被陌生的人群圍繞，我有種無依無靠的感覺。新認識的那些人開始叫我中林小姐，當時我有交到朋友，有遇見夥伴嗎？該怎麼做才能和別人成為朋友呢？我忘記了耶，我想要想起來，但話又說回來，我以前就有朋友嗎？我想要一種不會改變的東西，我想用類似解不開的粗繩索之類的工具，把自己和什麼東西牢牢綁在一起。當時我是這麼想的。

車廂稍微傾斜著，抵達了最後一個小車站。我穿過剪票口，走回一個人住的房間路上，看到一片蠟般的軀體出現在那裡。路燈光芒逐漸消融的空中，天橋延伸下來的樓梯上，十字路口的轉角，蠟般的碎片靜靜倒臥著。即使如此，我的心情依然像蓋子因並木先生而稍微開了一條縫的狀態，或許是因為裡面稍微接觸到了充盈著六月水氣的夜晚空氣，我就這樣看著倒在各處的蠟片，然後，走了過去。

*

雨停後，大大小小、形狀各異的一灘灘積水都倒映出夕陽，隨處都是好多夕陽，我像要飛躍過成千上百的夕陽般向前走時，在那裡看見了一顆球藻像在空中游泳似地搖來晃去。那顆球藻好像常常看到，我才剛這樣想，就發現那是變得軟趴趴的並木先生的背影。

雖然我一直想今天星期日我要躺一整天，但有種必須出門一趟的感覺，來到宛如伸直的尾巴般從車站延伸過來的商店街時，我看到了並木先生。

八成已喝醉的並木先生背影，跟我熟悉的那位並木先生，看起來像另一個人。我決定跟蹤置身人潮中的他。為什麼沒有馬上出聲叫他呢？我自己也不曉得。不想要直面彷彿另一個人的並木先生，但又很掛心跟在他後面的自己真卑劣，我感受著這份卑劣，尾隨他。他每踏出一個步伐，整個人就要順勢軟到在地般歪歪斜斜走著。他的腳步太過虛浮，簡直像看著背後在走路一樣，但我看得見他的後腦勺，所以他應該是看著前面在走的，他雙肩垂得很低，我想，他要是撞到電線杆之類的說不定會整個癱軟下去。他差點要撞到人，卻又沒撞到，也就是說，他所到之處行人紛紛自動閃避。等他一走過去，人群又會慢慢填起那個空隙。他像是要憑一己之身接下所有微不足道的粗暴衝擊般走著。就這樣，他踉踉蹌蹌地走近路底端時，停下腳步。過了一會兒，他又向前走。我走到他停下腳步的位置，那裡有一台賣飲料的自動販賣機，裡面並沒有擺什麼特殊品項。我買了一瓶水，又繼續跟著他。他走向剛才的對側，一陣子後又停住了。一等他再次邁出步伐，我就走到他剛才站的位置。那裡是一間商店的門口，彷彿可發出吵雜聲響的金色臉盆疊成一堆，只擺了一個細得誇張的傘架，十種左右的各式拖鞋整齊一字排開，垂吊著許多色彩繽紛晒衣夾的衣襪夾掛在架上，五花八門的各式物品陳列在店裡。這條路我明明每天都會經過，卻從來沒發現有這種店。根本沒加以分類、毫無秩序擺放的商品給人一種紊亂感，夠了，不要再繼續跟蹤他，出聲叫他吧，說不定他是迷路了也有可能，我這樣想，看向前面，卻不見並木先生的身影。他該不會是掉進哪條路上的大洞了吧？我快步朝他剛剛在的那個位置走去。沒有洞。難道是他變得過於軟趴趴，整個人癱軟散掉了嗎？剛才早點出聲叫他就好了，我正懊惱地想，哈啾，就好像聽見了一聲噴嚏聲。居然連幻聽都出現了，我心想，轉頭看向右手邊的岔路，並木先生就靠在滿是灰塵的鐵門上。

「並木先生。」

「啊，小中，怎麼了？」並木先生並沒有顯得特別驚訝，望向這邊的斜視雙眼，果然布滿血絲。

「你還問怎麼了，這裡在我家附近。並木先生，你才在這裡做什麼？」

我絕口不提自己跟蹤他的事，反問。

「咦？我，妳看，我在坐空氣椅子。」並木先生放低腰部重心，膝蓋彎成直角。他修長的軀幹緊貼在鐵門上，嘿嘿嘿嘿，啊——不行了，膝蓋沒力了，說著，又框啷框啷框啷地背抵著鐵門站直

「小中，這裡在妳家附近喔？」

「並木先生，你喝這個。」我遞出剛才買的那瓶水。

「謝謝。」他猛地伸手接過，拉下口罩，一口氣灌了半瓶左右的水。

並木先生穿著下襬鬆掉的運動外套，下半身則穿著跟藍色完全扯不上關係，說不定應該用土黃色來形容的牛仔褲。說歸說，我身上也是肚臍旁邊有濺到漂白水痕跡的洋蔥色T恤，配紅褐色的七分寬褲。

「並木先生，下次我們一起去買一件新的運動外套好不好？」

「我是走美式風格啦。」

美式風格，在我腦中轉成了諧音的「沒事風格」，我忍不住低頭笑了。

「小中，妳笑什麼？」

「沒事。並木先生，好了啦，你整個人都軟趴趴的了，趕快回家去比較好。」我出聲催促，並木先生聽話地轉身朝向車站，我就直接送他過去。

*

直到確定並木先生搭上電車為止，我一直站在剪票口外面看著。

音樂是語言，言語是樂音啊。

並木先生，這句話不管從上往下看，還是從下面看上來都一樣耶。我一邊區分哪些文件要送進碎紙機，一邊正要把這句話說出口時，才想起他從早上就不在。而且我現在才注意到，音樂是語言，言語是樂音啊，最後多了一個啊，沒有形成回文。

並木先生無故曠職。

「並木先生大概喝掛睡死了吧？之前也發生過一次這種事。小中，妳沒有喝太多吧？」隔著一大疊文件，柏小姐問我。

「昨天和前天是假日，我沒和並木先生碰面。」

「並木先生也不年輕了還無故曠職，真是悠哉耶。」柏木小姐看起來根本沒在聽我回的話，自顧自拉開大嗓門說，我看著她脖子下方線條柔和的山麓緩坡，語氣稍微輕挑地說，並木先生雖然是那副德性，但他要做事時都做得很好喔。柏小姐回，大概是這樣吧，就站起身。到了午休，我走去餐館，連同並木先生的份買了兩根春捲。然後組長告訴我們，並木先生的手機可能沒電了。我去茶水間打開冰箱。正中央那一層裝著春捲的透明塑膠袋上貼的標籤貼紙，用歪歪斜斜的字跡寫著，並木。應該是上週末吃剩的吧？我想他應該是決定好，要在今天吃掉吧。我邊吃午餐邊打電話給並木先生，但在嘟嘟聲響起前，自動語音就說，對方可能是沒電，或者處於收不到訊號的狀況，通話就斷了。冰箱裡有吃剩的春捲，我送出這則訊息。

傍晚，組長聯繫並木先生的家人。並木先生的父母、哥哥、哥哥的老婆和小孩，都說他們好幾個月沒見到並木先生了，什麼都不曉得。組長要在家人過去前先去並木先生的公寓看看，開始準備出門。柏小姐脖子下的那片山麓緩坡，僵硬了。

中林小姐，背好背包的組長叫我。會被拉過去，一霎那浮現這種感覺的我，搶在他開口之前就先說，如果知道什麼請通知我，就離開了局裡。

我走在平行鐵軌的道路上。那條路沒有風，就像連蜥蜴都跑光了一般，感覺不真實且虛假。我心想，如果現在從哪戶人家飄出咖哩的香味就好了。

噹噹，噹噹。電車撞擊鐵軌的聲音從後方慢慢靠近。沿著鐵軌前進的聲音愈來愈大，愈來愈快。噠噠噠噠噠。有什麼正真切無比地逼近我。心跳受其影響，在我體內吵雜般地轟然做響。

我沒有想吃東西的欲望，就直接去洗澡，鑽進被窩，一會趴著，一會又仰躺著。深夜十一點，組長打電話來。

在那之後，是一個極為安靜的夜晚。只有寂靜無止無盡地橫亙在茫茫夜裡。

*

只有風味、香氣、情緒這類沒有實體的東西，才會殘留在口腔裡，具有實體的春捲則被吃得一乾二淨了。自來水的水龍頭也緊緊旋上了，不會再有水珠滴下來。去找栗原先生家訪確定他的近況前，我一邊淡淡想著和並木先生的事，一邊在茶水間完成營養補給後，就返回自己的座位。鬆散地堆積如山、都往我這邊斜過來的文件堆，喝到一半的無糖罐裝咖啡，桌墊上印著罐裝咖啡底部的圓形，霧面翡翠綠的打孔機就擺在那堆文件下某處，最下面那格抽屜裡收著洗髮精和沐浴乳，這樣的隔壁座位已經消失得無影無蹤了，並木先生的痕跡全都不見了。好奇怪，應該會在哪裡留下些什麼才對啊，我歪頭窺視桌子下面，卻只看到不曉得是連接什麼和什麼，彎彎繞繞的不知名機器配線。

大約一個半月前，並木先生去流浪以後，在部門裡，他的事並沒有特別引發話題。都不去提也有點奇怪吧，我今天突然冒出這個念頭，就好似不經意地向對面的柏小姐搭話。

「並木先生，不曉得正流浪到哪裡去呢？」

柏小姐脖子下的山麓緩坡，彷彿一陣寒風突然呼嘯而過般僵硬了。

「小中，待會栗原先生的面談，要不要改天再去？」柏小姐說。不用，我出發了，我幹勁十足地離開座位，路上小心喔，關懷聲從四面八方響起。像是起了許多泡沫的肥皂一般的聲音，黏附在我的表面，我感覺自己好像全身都是泡沫，走到外面。

每當我偶爾提起並木先生，現場就會一瞬間化為寒冬的荒原，下一刻，柔和的肥皂泡泡就會沾滿我全身，現在局裡的情況就是這般過度客氣。就我看來，並木先生說過他學生時代曾去美國流浪，所以這次，大概也是，在美國的西海岸那一帶，戴著黑框眼鏡，穿著他裝模作樣的沒事風格，不，是美式風格，柔軟有光澤的襯衫，螢光色的短褲，露出膝蓋，拖著海灘拖鞋漫不經心地走著，如果肚子餓了，就在小路上找間不顯眼的小店外帶一份春捲吃，喝點酒，雙眼布滿血絲後，就躺在吊床上隨著海風搖晃，舒舒服服地睡著了吧。這些頂多只是我個人的猜想，或者說是，咒語。

我抵達栗原先生在的河岸空地，澄澈水珠從土壤邊緣滾落、滑行好長一段路般的潺潺聲，和總是一直聆聽著那清涼聲音的蟲鳴交疊著。盛夏在遠去。我感到蟲鳴好像已深深滲進了身體裡。

栗原先生戴著一頂褪色的帽子，身穿黑色的短袖ＰＯＬＯ衫，一個人坐在橋下的陰影處。沒有卡式爐，也沒有鍋子。

「你好。」

「妳好。」栗原先生的下巴向前挪了挪，出聲打招呼。我在他旁邊攤開自己帶來的、原本折成小小一疊的野餐墊坐下。這張野餐墊還可以再打開，所以我就問栗原先生說，要不要一起坐？他回，我這樣就行了。

「栗原先生，最近有什麼特別的事嗎？」

「沒有。」

「有什麼煩惱嗎?」

「沒有。」

「眼睛,有去找醫生看嗎?」那雙眼睛可千萬不能變成黑色的蛹。

「有。」

「這裡,不熱嗎?」

「熱啊。」

我遞給他從局裡帶來的口服電解質液。可以的話,這個也,請收下,說著,我又遞過去放大影印過的街區居民趣味活動一覽表。

「適合中途參加的活動,我有在上面做記號。我不會勉強你一定要來,但其中有幾個項目我也參與了營運的支援工作,人會在現場,歡迎過來看看。」雖然他多半沒興趣，但我想如果是並木先生的話大概會這樣做，就事先準備了。謝謝，栗原先生接過，又漏氣般地說，並木先生說是突然人事異動，所以我沒能向他說什麼。茶泡飯，清爽無負擔，因為這樣，我回應時也好似一邊在漏氣。氣漏得實在太多，聲音變得太過輕薄，在傳進栗原先生耳朵前，話語就解離、流失掉了。栗原先生喜歡什麼顏色呢？我忽然想起，以前我曾依稀想過這個問題。

「栗原先生，你喜歡的顏色是什麼？」

「現在是，黃色。」感覺上透出些天真純樸，依然望向另一側的栗原先生回答，那張臉龐上彷彿有紅線在聚攏。

「妳們把這些都叫做草，但其實裡面有藍花子、土筆、蓬草等各種植物喔。以前大家很窮，都會採這些草。」栗原先生說這些話時仍舊盯著另一側的方向。

我在心中想像，在遠比現在蔚藍又遼闊的天空下，半夜坦克車經過的聲響及那道畫面殘影，埋葬水鳥的豐饒土地上，年幼的栗原先生和他的兄妹摘採青草的模樣。並木先生曾說，他總會看向事物可怕的那一面，但栗原先生雖然會看到可怕的那一面，也一直在努力找出其他面向，譬如像是任何一個人臉上偶然般聚攏的細細紅線。我像在對抗著什麼似地想著，使那份心情向外膨脹、撐開。

回去路上我經過那家餐館。沒有春捲了。我已經養成習慣，每次經過這裡時都要看一眼還有沒有春捲。

回到腳踏車停車場，我遇到組長。

「辛苦了。」

「辛苦了。腳踏車的輪胎，應該沒有漏氣吧？」組長說。

「沒漏。」我這麼回，鏘地一聲放下腳柱。

「中林小姐，妳沒事吧？」他唐突問。不，感覺起來似乎也並不唐突。組長，好像，一直想跟我說什麼，那是關於正在流浪的並木先生的事，可是，我，現在，還不想認真聊。即使如此我依然回，沒事，旋即又在心裡想，並木先生以前都在這裡看著什麼呢？然後，我努力思索下一句該說什麼，陷入沉默。和並木先生在一起時，我從來不曾努力思索下一句該說什麼。因為就算陷入沉默，那就保持沉默也很好。沒話想說時，只要看著並木先生朝著不同方向的眼睛，不可思議地眺望著逐漸朝左右滑開、至今未曾見過的景色就好了。原來是那樣啊，在盛夏都快要結束的這個時間點，我才領悟。然後我想，啊，現在，說不定能說出口，便對組長說，謝謝你找到並木先生。我那好像沒什麼大不了只是順口說出來似的聲音，比平常要輕，大概，是因為說出了重要的話，所以，很傷心。組長點頭，然後低下頭。

「那個，並木先生，有戴眼鏡嗎？」

「應該有。」

「這樣呀。」

我好像，快忍不住了，我從口罩上用雙手摀住嘴巴。就這樣摀著嘴一路回到部門，放下背包，像要吐出什麼似地一邊噴出酒精噴霧，一邊擦拭文件夾時，柏小姐叫我。

「小中，不好意思妳才剛回來，有電話，要接嗎？跟羊居在同一排的勤勞豆腐店說，有位獨居的客人平時每天都會來買嫩豆腐，不對是木棉豆腐，兩塊，欸……他說也有時候是三塊，昨天也有來買喔，這樣說後，他好像忘記了的樣子又說，哎呀，是這樣啊，他說那個買木棉豆腐的常客這兩天都沒來店裡，他很擔心。」

「我知道了。」我從柏小姐手中接過電話。

「您好，謝謝您打電話來，我叫中林。」

我邊聽了大約三十分鐘的話邊查資料，發現局裡已經收到通知，那位常客正暫時待在某間機構裡，我不能照實透露他的資訊，因此只向豆腐店老闆說明那位客人目前平安無事後，勤勞氏這麼回，這樣呀，以後也麻煩妳們一起守望相助。

我們才麻煩各位多費心了，說完，我掛上電話。

＊

沒有月亮的昏暗傍晚，我獨自走著。最近我好像總是一個人走。不過，搞不好長久以來，一直都是一個人走也說不定。偶爾，會和遮住半張臉似的人們錯身而過。他們拖著晃動不停的長長影子，朝向某個地方走去，如果仔細一瞧，臉上神情是悶悶不樂的，好似有種空虛，好似少了些什麼，好似被壓抑著那樣。

我幾乎每天都走這條路，但它還是稍微不同了。不管是色彩的濃淡，踩起來的感受，還是聲音反射回來的方式，都有什麼地方不一樣了。少了點滋味，少了點依靠，變得好無聊。從路的另一頭吹來一陣沙塵，我雖做好了心理準備要承受那陣風，不過風就在快吹到我時呼地，輕易消散了。

連風的路徑都變了。明明，我什麼都沒變才對。

就如同某一天的夜裡，蠟般的身體殘肢冒出來。我看見一個像是手掌的東西掛在不遠的郵筒上。啵，啵，臘從各處相繼冒出來。那些東西平時其實也存在，只是平時看不見，我就要被拉過去。

那一天的隔天，局裡向大家說明由於現在時期特殊，並木先生的葬禮只有親人參加。

那天，因為害怕說出口預感就會成真，所以我緊閉嘴巴，連嘆氣都忍住，一直沉默不語。深夜十一點，電話就如同約好了般響起。中林小姐，因為妳和並木先生平時很要好，聯繫我的組長這麼說。

太遲了。他可能是喝醉跌倒。不過，旁邊有幾個不知道原本裝什麼的空包裝袋，他用顫抖的聲音告訴我。

跌落在漆黑夜路某處的並木先生，我沒能撿起他。

他那顆朝混濁池塘底部下沉的小石子，我不知道該怎麼樣才能撈起來。不，其實我害怕，看見那顆小石頭。

我搖搖晃晃地繼續走，沒多久，右手邊有一間店散發出淡淡的光芒。寂靜得出奇，宛如聲音全被抽走的那裡，就是並木先生說，今晚，去喝酒吧，開口邀請我的地方。

「這裡的春捲超好吃的喔。」

在我還極為恐懼接觸陌生人的那陣子，當時才認識不久的並木先生，將餐館門口賣的春捲遞給我。

我接過紙袋，手掌稍微溫暖了些。春捲都差不了多少吧，我在心裡嘀咕，咬下一口春捲，沒想到真好吃。外層麵衣酥脆，咬下去時會輕輕扎著上口蓋。裡面的餡料拌有切碎的香菇、竹筍、韭菜和豬肉。我沒辦法精確形容出它和其他家春捲的差別。可是，真好吃。原來也有這麼好吃的春捲。

「好吃。」

「我就說吧。說起來，春捲這個名字我一直挺喜歡的。」

「春捲。」

「對，春捲。」

這一刻，我當時被溫暖了的手掌依然存在著。只要攤開手，肯定還紅紅的。手掌，也可以稱做手心，我緊抱住那份溫暖般地想，一邊在無趣的道路上向前走。明明是一條無趣的道路，各種東西的輪廓卻模糊了起來。果然，不一樣了。這個變化令我難以招架，但我不知道，我是否該去適應它？

雙頰溫熱。眼淚在口罩內肆無忌憚地淌下。皮膚有種像刺痛又像麻癢的感覺。

西方有一處看起來微微發白。那些不知道要前往何處的人們也都不經意地看著那個方向，這是為什麼呢？是遠處剛放完慶祝用的煙火嗎？還是蓋好了寬廣如海的池塘呢？或者，就想看些什麼。這麼想的可能只有我一個人吧。

圖書館出版品預行編目資料

棕櫚／野野井透著；徐欣怡譯. -- 初版. --
市：麥田出版：英屬蓋曼群島商家庭傳媒
有限公司城邦分公司發行, 2024.08
；　公分
：棕櫚を燃やす
N 978-626-310-699-4（平裝）

57　　113007090

讀書花園
cite.com.tw

日本暢銷小說 108

燃燒棕櫚

作者｜野野井透
譯者｜徐欣怡
封面設計｜蕭旭芳
責任編輯｜丁寧

國際版權｜吳玲緯　楊靜
行銷｜闕志勳　吳宇軒　余一霞
業務｜李再星　陳美燕　李振東
總編輯｜巫維珍
編輯總監｜劉麗真
事業群總經理｜謝至平
發行人｜何飛鵬
出版｜麥田出版
台北市南港區昆陽街16號4樓
電話：886-2-25000888
傳真：886-2-2500-1951
發行｜英屬蓋曼群島商家庭傳媒股份有限公司城邦分公司
台北市南港區昆陽街16號8樓
客服專線：02-25007718；25007719
24小時傳真專線：02-25001990；25001991
服務時間：週一至週五上午09:30-12:00；下午13:30-17:00
劃撥帳號：19863813　戶名：書虫股份有限公司
讀者服務信箱：service@readingclub.com.tw
城邦網址：http://www.cite.com.tw
香港發行所｜城邦（香港）出版集團有限公司
香港九龍土瓜灣土瓜灣道86號順聯工業大廈6樓A室
電話：852-25086231
傳真：852-25789337
電子信箱：hkcite@biznetvigator.com
馬新發行所｜城邦（馬新）出版集團
Cite（M）Sdn. Bhd.（458372U）
41, Jalan Radin Anum, Bandar Baru Seri Petaling,
57000 Kuala Lumpur, Malaysia.
電話：+6(03)-90563833
傳真：+6(03)-90576622
電子信箱：services@cite.my

印刷｜前進彩藝有限公司
初版｜2024年8月
售價｜340元
ISBN 978-626-310-699-4
電子書 ISBN 978-626-310-698-7 (EPUB)